uuk

Georges Conchon

Colette Stern

Gallimard

Outre ses romans, parmi lesquels *L'état sauvage* (prix Goncourt 1964), *L'amour en face, Le bel avenir, Colette Stern,* Georges Conchon a écrit de nombreux films, entre autres *La victoire en chantant* (Oscar du meilleur film étranger 1978), *Sept morts sur ordonnance, Le sucre* et *La banquière.*

I

Alors il sut qu'il venait de commettre un péché non seulement mortel, mais assez grave.

Il le sut, du moins se le dit, dès qu'il eut quitté la cabine. Il se le répéta tandis que la guichetière, une petite rousse pas laide, lui calculait le prix de sa communication tout en se massant le nez dans un Kleenex. Encore dut-elle s'interrompre pour éternuer deux fois, très fort, puis une troisième, comme si elle s'envolait.

— A vos souhaits ! fit-il.

Elle lui sourit, ce qui le détendit. Il réfléchit que les péchés mortels ne sont pas légion.

Cela se passait à Clermont-Ferrand, sa ville natale. Il y était venu en coup de vent, voir sa mère. Edifice mastoc des années trente, la Grand-Poste de Clermont-Ferrand n'a rien de riant. Seules les hautes et larges baies mériteraient le bon point, malheureusement pas tous les jours. Ce jour-là une lumière de fin mars repartie à la neige verdissait les visages. Lui-même se sentait vert.

Bien jeune (soixante-trois ans), sa mère allait mourir. On avait déjà dû lui couper la jambe gauche et les médecins ne donnaient pas cher de la droite, à supposer que le cœur tienne encore quelque temps. Or six mois leur paraissaient un maximum, d'ailleurs peu souhaitable. Un fils serait vert à moins ; et son péché n'arrangeait rien.

Il avait été odieux au téléphone, mais il l'était souvent. S'être montré odieux ne le gênait pas plus que d'habitude. Ce qui le troublait était l'espèce de perfection à laquelle lui paraissait avoir atteint presque tout ce qu'il s'était entendu proférer dans la cabine. Aurait-il voulu tuer qu'il n'eût pas trouvé pire.

Il ne pouvait conclure qu'à deux ou trois minutes de pur génie, donc hésitait déjà un peu à s'en faire un crime. D'autre part pousser quelqu'un à la mort (en l'occurrence désespérer une femme au point qu'elle songe au suicide, ou puisse y songer, y songe éventuellement), cela se discute. Il en discutait déjà.

Naturellement, cette femme n'était pas sa mère.

La jeune personne à qui il se targuait d'avoir fait tant de mal, Julia Sanvoisin, grande brune aux yeux violets, Parisienne pleine d'allant et deux fois divorcée, inspirait tout sauf la pitié. Sanvoisin était le nom du second mari. Elle l'avait conservé dans l'intérêt de son commerce, un stand au Village Suisse, ledit Sanvoisin tenant boutique tout près, avenue de Suffren, avec forte influence sur le xviiie anglais dans tout le Village.

Ils auraient dû s'ignorer, ils s'épaulaient. C'est que ce petit monde garde prodigieusement les pieds sur terre. Il suffit de les voir faire, eux et leurs pareils, ne serait-ce qu'entre eux, de marchand à marchand. Pour la moindre pièce intéressante signalée ici ou là, une seule pensée, un seul ressort : arriver premier, griller la meute.

On pouvait même se demander quel genre d'amant il aurait fallu être pour espérer de Julia beaucoup de nuits entières. D'entières, depuis treize mois qu'elle se proclamait folle de lui, il ne s'en comptait pas treize. S'éveillait-il dans la tendresse, murmurait-il languissamment « Julia ? », il embrassait l'oreiller, elle roulait vers Amiens. Ou Villers-Cotterêts. Ou Selles-sur-Cher. Il ne citait pas au hasard, il relatait des faits. Elle trimbalait toujours sur elle des liasses et des liasses de billets de 500. Il élimina le suicide.

Il l'élimina radicalement. Il ne minimisait pas le risque, il l'excluait d'office. Il doutait même d'un bien grand désespoir, surtout durable

— Soixante-sept soixante, annonça la guichetière.

Il n'avait pas le sentiment d'avoir été si long. Il paya. La longueur devait tenir aux silences de sa victime. Vers la fin, il fallait lui arracher les mots.

Pour comble, la rouquine manquait de monnaie. Elle en réclama autour d'elle de sa vilaine voix enchifrenée, puis dut partir en chercher à l'autre bout du bureau.

Lui, d'ailleurs très peu ferré sur ces questions de péché, ne se donnait pas encore l'absolution. « Assez grave » continuait de lui paraître plus que justifié : il

9

aurait pu ne pas le faire, ou pas si tôt, ou autrement.

S'il avait estimé le moins du monde urgent d'agresser sa belle antiquaire, ne l'aurait-il pas appelée de l'hôtel ? Il était élémentaire de l'appeler du *Frantel*, où il venait de rêvasser trois grosses heures au lit entre le petit déjeuner, le quotidien régional et une Série Noire achetée la veille à Orly-Ouest. Or pas du tout. A aucun moment la tentation de décrocher le téléphone ne l'avait effleuré, quoique le projet, il dut bien en convenir, fût déjà dans sa tête. En fait, c'est presque chaque page de ce polar sans verve aucune, morne démarquage de Dashiell Hammett, qui le ramenait à comment en finir avec Julia, mais sans imaginer de solution, laissant cette fin entièrement à venir, à venir doucement. L'urgence ne lui était apparue qu'en marchant.

— Et quatre cents qui en font cinq, est-ce que j'ai droit à ma petite récompense ? minauda la guichetière.

Elle lui tendait son bloc : « C'est l'occasion ou pas. Marquez simplement : " pour Jeannette ". J'aime mieux le prénom seul, ça fait déjà intime, je pourrai frimer. — Guérissez-moi d'abord ce rhume », dit-il, et il signa « avec amitié. Hémon ». Soulignant *amitié*.

Colette Stern est à Vichy pour trois jours. Encore heureux qu'aujourd'hui soit le troisième, elle n'en supporterait pas quatre. Quand vous n'avez plus de lien avec une ville que d'y être né, la visite de plus a tôt fait de devenir la visite de trop. C'est le cas. Et puisque tout a disparu de ce qui la lui rendait jadis si chère, puisque vraiment tout s'est volatilisé, Colette Stern ne voit pas pourquoi elle ménagerait encore Vichy. Elle l'insulte : une sous-préfecture.

Y revenir s'annonce chaque fois comme la corvée. S'annonce comme et se révèle être.

La dernière fut l'an passé pour le mariage d'un neveu, mais en juin : elle avait pu réserver au Pavillon Sévigné. L'hiver, pas question. Elle loge donc chez ce neveu. Il la rase. Il s'est donné congé pour tante Colette, dix fois par jour tante Colette se lève et dit : « Bon, qu'est-ce qu'on fait ? »

Heureusement, la nièce est mieux.

Sur le point de sortir, une scène s'imposa à la mémoire d'Hémon, qui parlait de bonheur.

Elle datait de vingt ans et plus, lui-même âgé alors de quatorze ou quinze. C'était par une matinée de grand soleil et sa mère postait un paquet à l'un des guichets du fond, à moins qu'elle ne retire de l'argent, peu importe. Toujours est-il qu'il attendait et que, considérant ainsi de biais sa propre mère nimbée de soleil du fait de ces baies généreuses, appréciant par transparence sous la robe légère le corps, se le détaillant, se le racontant, son jugement était tombé : bien roulée.

Il n'y a pas de honte à penser cela de sa maman pour une première fois où l'on se trouve poser sur elle des yeux aussi fraîchement dessillés que les siens à l'époque. Il ne se revoyait aucune honte de l'avoir pensé ce matin-là, puis sans doute diverses autres fois au cours du même été, restant entendu qu'il ne se la déclarait désirable que dans l'absolu, évidemment pas pour lui. Il voulait juste dire qu'elle présentait encore de quoi figurer dans la mirobolante, mythique escouade des beautés mûres que les dégourdis de son lycée se vantaient de baiser le samedi, mais il ne se rangeait pas parmi les dégourdis. Il ne voulait rien dire de plus, déjà trop conscient de forcer la note, vu que sa mère, d'un tout petit milieu, le mari petit employé, on n'imaginait pas petite femme plus coincée.

Colette Stern accorde assez de charme à sa nièce par alliance, surtout depuis qu'elle est grosse. Elle aura vingt ans cet été, et son bébé juste après. Mignonne, les yeux d'un bleu très pâle (ceux de Queenie Crosland dans *Beauté mon beau souci*, si par hasard vous vous souvenez : « d'un bleu pur et lointain »), elle montre bien plus de vie que le futur papa, mais toujours comme Queenie, « avec élan et maladresse ».

Outre leur maladresse, ses élans souffrent d'une malchance insigne. Court-elle vous embrasser, elle se prend un pied dans le tapis. Hier au dîner, après deux jolies petites impressions rapportées d'un voyage à Bali, voulant suggérer la grâce des danseurs balinais, la grâce des mains, plouf : son verre sur la nappe. Et la voilà écarlate.

On comprendrait que tant d'impairs la tuent, on lui pardonne plus difficilement d'en rester bloquée, muette pour des heures, les yeux blancs.

Ce serait au mari de la consoler, il ne sait pas. Ou bien ne sait pas, ou bien se dit que de longues heures permettent au moins à sa pauvre chatte de respirer entre les gags. Il est un monument d'ennui, mais avec quand même une part d'intelligence. Une forme : il paraît qu'il fait merveille dans la commercialisation des eaux et de leurs dérivés, spécialement les laits de beauté. Ici, c'est la pierre de touche du talent. On verra bien. Colette Stern doute fort qu'il soit jamais réellement un aigle, mais s'il se confirme en roitelet des sources, elle applaudira aussi. Elle est née Bureau.

II

Dans la rue, le vent. Fort et froid. Ayant, semble-t-il, forci depuis tout à l'heure, en tout cas balayant méchamment les abords de la Grand-Poste.

Hémon connaît, et déteste. Cette bise noire a bercé (s'il peut dire !) son enfance. L'hiver, chaque matin de chaque hiver, il lui a fallu jouer les fend-la-bise d'ici jusqu'au lycée. Quand on monte du centre-ville, on ne se doute pas. Elle vous attend au débouché, et qu'est-ce qu'elle mord ! A peine zéro dans les quartiers du bas donne régulièrement une impression de moins cinq sur ce plateau. Il dit « noire » parce que de novembre à mars c'était de nuit. Neuf lycéens sur dix arrivaient en autobus. Son père avait décrété que non, trop cher.

Ceux qui ne prenaient pas le bus cheminaient par petits paquets. Il les ignorait, mais eux en avaient autant à son service. Depuis la sixième il passait pour pas net, un peu louf. Il cognait sans prévenir, et se mettre à plusieurs en espérant lui en ôter l'envie était toujours resté sans effet. Il encaissait, puis recommençait.

Il calcule qu'il a dû vivre en quarantaine pas loin de cinq ans, jusque vers la fin de la seconde. Il n'exagère pas, c'était une quarantaine stricte, mais il aimait. Il préférait, ça le distinguait. Ensuite il y a eu inversion complète, tout le monde le voulait. En terminale, il faisait la loi. Sa violence était devenue verbale.

Il n'a rien contre son père, lequel ne gagnait pas, soyons justes, des mille et des cents. D'autre part ce père est mort à vingt-six jours de sa retraite, un 5 juin pour un 1er juillet. Cela surtout appelle l'indulgence.

A Vichy, Colette Stern lit *Un homme au singulier*, de Christopher Isherwood. Elle est née Bureau des Etivaux. Si vous l'avez jamais su, c'était aussi le nom de Mme Larbaud, la mère de Valery Larbaud. D'où chez Colette Stern une légère tendance à en prendre à son aise avec les écrivains. Par exemple, en abordant ce qui semble devoir être le dernier chapitre, ce petit encouragement désinvolte à Isherwood : « Allons, encore un effort, et ce sera gagné ! »

Larbaud, du reste, elle l'a connu. Ses parents disaient « notre cousin Larbaud », ce qui n'est pas sûr du tout, mais elle l'a connu d'assez près quand il était encore plein de vie et au sommet de son talent. A l'époque, bien des gens lui prêtaient même un grand faible pour elle, et elle se souvient d'attentions touchantes, en effet. Malheureusement rares, car il continuait à courir l'Europe avec cette ardeur qui désespérera ses biographes, comme s'il s'était juré de les semer. Cependant « Mademoiselle Colette Bureau des Etivaux, chez ses parents, à Bellerive-sur-Allier (France) » ne risquait pas de perdre sa trace : une étape, une carte. Elle en garde des quantités, timbrées de Trieste, de Locarno, de Brindisi, de Tirana, de

Corfou, d'Anvers, de Bergen op Zoom, les moins lointaines de Saint-Hélier, de Challes-les-Eaux. Et à peine à Vichy, ou dans sa ferme de Valbois, c'était : « Amenez-moi Colette. » Il ne concevait pas de Noël sans elle, et bien sûr ses parents.

Le dernier, à Valbois, juste avant l'accident cérébral qui devait lui retirer à jamais l'usage de la parole et toute faculté d'écrire, reste de loin le plus beau. Les autres invités étaient M. Gide et M. Arland. Lui, « notre cousin », ne se tenait plus de joie d'avoir enfin retrouvé le manuscrit de *La Paix et le Salut*, la plus courte de ses *Enfantines* ; il rêvait depuis si longtemps d'en faire don « à une certaine personne. ». Mais qui ? « Devinez qui. Devinez ! » Il fixait alternativement M. Arland, M. Gide, puis d'un seul coup n'avait plus eu d'yeux que pour elle : « Toi ! » Avec cette merveille de dédicace : « A Colette. Au plus jeune bouton de rose, si tendre et si dur, et si bien fermé ! » Elle en avait conçu une de ces fiertés dont on sait à l'instant que rien ne pourra l'entamer — pas même la découverte, tout de suite après, que la phrase célébrant le bouton de rose était en réalité, recopiée à son intention, celle qui ouvre la nouvelle.

De là aussi, à l'instant et pour toujours, cet autre penchant qui lui fait classer les écrivains en deux grandes catégories, ceux qui supportent si peu que ce soit la comparaison avec Larbaud, ceux qui ne la supportent pas. Or ce matin, alors que des romans tels que *Mr. Norris change de train* et *Adieu à Berlin* l'ont laissé largement dans la seconde, Isherwood a tout l'air de vouloir se hisser dans la première.

Un exploit !

Cette ville, Clermont, compte cinq ou six magasins d'articles de sport, mais deux principaux, l'un populaire, Andrieux, l'autre huppé, Demarty. Voilà Demarty, Hémon traverse.

Pourquoi huppé, mystère. Une idée. Cette idée dans la tête de la ville qu'ils étaient la boutique huppée, même bien avant qu'ils ne deviennent très cher. Sans doute proposaient-ils des marques qu'Andrieux ne faisait pas, mais ce n'est qu'au fil des ans qu'ils ont gonflé leurs prix, comme pour cautionner l'idée.

Ils se sont encore agrandis : trois vitrines au lieu de deux. Vouée exclusivement au tennis, la troisième n'expose que six raquettes, mais tout est dit, elles donnent le mieux pour la saison à venir. Et mieux que le mieux : cette Slazenger grand tamis dont les revues spécialisées laissaient encore craindre le mois dernier qu'on ne pût la trouver en France avant mai ou juin. S'il aimait les grands tamis, il l'achèterait.

Mais il n'aime pas les grands tamis. Puis silence.

Silence en lui. Il se sent flotter. La Slazenger empiète sur ses voisines, qui empiètent sur les autres, en spirale. Il attend. Il craint. C'est qu'il a connu de terribles vertiges tout au long de l'année qui suivit son divorce. Il s'en souvient comme d'autant de petites morts. Il a une peur bleue, et permanente, de les voir revenir. Eh bien, non.

Dieu merci, aucun rapport. Supprimez les causes (vie à la dérive, pas mal d'alcool, etc.), vous supprimez le résultat.

« J'admire ton optimisme ! »

N'aimant pas les grands tamis, il repart dans le vent.

De même, du même tonneau : si ce vent mollissait, il neigerait, mais il ne mollira pas. Que c'est original ! Quelle vivacité ce matin, quelle alacrité ! Il se prie d'arrêter : « Tu es trop profond pour moi, j'ai du mal à te suivre. »

Ne le sépare plus alors de la cathédrale qu'une longue place nue, à quelques papiers près, qui volettent. Il accélère sous la bise comme s'il savait où il va, en fait pour s'activer le sang — réactiver mécaniquement les couches de lui-même supposées un tant soit peu intelligentes. Ainsi touche-t-il à l'autre bord avec deux pensées plutôt toniques. La première est tout simplement l'heure de son avion, 17 h 55, la seconde : fais-tu payer à Julia le martyre de ta pauvre maman ?

III

Colette Stern est encore couchée, et pas pressée de se lever.

Hélas, il va falloir. Même en continuant de ne bouger ni pied ni patte pour convaincre ses neveux qu'elle n'a pas encore fini sa nuit, l'espoir de régler le cas Isherwood diminue de minute en minute. Il ne lui reste plus que quelques pages, mais midi approche. En province midi ne pardonne pas : les deux pénibles vont surgir, affectueux comme tout.

Ce qu'ils lui pèsent !

Leur appartement aurait pu être bien à peu de frais, il donne sur les Parcs. A grands frais ils en ont fait n'importe quoi. Cette chambre (la leur, qu'ils lui ont laissée, parce que « la belle ») est une horreur à force de satin. Flammes orange sur fond bleu électrique, l'œil se plaint. Elle tâche de lire sans lever les yeux.

Ce dialogue l'arrête :

« — La mort, répète George.

« — Mais encore, Monsieur ? demande Kenny. Je ne vous suis pas.

« — J'ai dit " La Mort ". J'ai dit : " Pensez-vous beaucoup à la Mort ? "

« — Pourquoi ? Non. Presque pas. Pourquoi me demandez-vous ça ?

« — Le Futur : c'est là que se trouve la Mort.

« — Ah ! fait Kenny en arborant son grand sourire. Ouais, peut-être que vous levez là un gros lièvre. »

Pour bien comprendre, il faut savoir que c'est l'histoire d'un monsieur qui pleure un autre monsieur récemment arraché à son affection par un accident de la route. Nous sommes à San Francisco. Le pleureur — George — enseigne la littérature à l'Université. Nous le voyons tantôt avec ses étudiants (dont Kenny, son préféré), en train de leur infliger des considérations hautement allégoriques sur amour et mort, tantôt dans sa petite maison à flanc de colline, où tout lui parle du disparu : les fous rires de Jim, ses hennissements, Jim jaillissant comme un cheval de la salle de bains, bousculant la table du petit déjeuner, engloutissant ses œufs pochés à la vitesse de l'éclair, puis intarissable sur les sujets qui lui tenaient le plus à cœur, entre autres la mort et les possibilités d'une quelconque survie. C'est très bien, c'est vif, on ne peut que partager.

Colette Stern partage d'autant mieux que mis à part les œufs pochés, qu'il exécrait, elle retrouve la copie conforme de ses petits déjeuners avec Stern. Lui aussi racontait tout ce qui lui passait par la tête, et Dieu sait s'il lui en passait ! A la première tasse de café on se demandait où il allait en venir, à la seconde on était généralement éberlué, ou plié en quatre.

Là, en revanche, où elle se voit aux antipodes d'Isherwood, c'est quand il place la Mort dans le Futur. S'il voulait juste dire que la mort de chacun de nous reste à venir, il aurait pu se dispenser de l'écrire, mais s'il vise, comme semblent l'indiquer les majuscules, la Mort dans l'Absolu, le « gros lièvre » de la Mort en tant que Telle, ce n'est plus une platitude, c'est une contre-vérité.

Encore relativement peu angoissée (pourvu que ça dure !) à l'idée de sa propre mort dans un Futur plus ou moins proche, Colette Stern sait bien qu'elle a déjà payé son dû à la Mort. Elle ne sait que trop l'avoir payé avec toutes les majuscules qu'on voudra, Horreur de la Mort, Scandale de la Mort, il va y avoir sept ans. Un matin Stern lui a dit qu'il se sentait bizarre — et puis a été mort.

Cela dit, elle comprend parfaitement ce vieux pédé de George de comparer son existence sans Jim à celle d'un prisonnier à vie. Voilà une bonne image ! Mais on peut toujours se dire : « Il n'y avait qu'un Stern, et il a été pour moi. »

« Lis ! » se dit-elle.

Pas près de mollir, la bise mugissait entre les tours de la cathédrale, avec effets d'orgues. Hémon contourna ce monument impressionnant mais de peu d'intérêt — d'un gothique tardif, répétitif, ressassé — par la droite. A ce propos, il y a toujours eu deux écoles, la moitié de la ville portée à croire qu'elle a plus vite fait par la droite, l'autre moitié par la gauche. Chez eux, on prenait à droite, et le père n'aurait certes pas apprécié de les surprendre, sa mère ou lui, sur l'itiné-raire de gauche. Il aurait fait vilain : il savait.

Quant au fils, il se demandait seulement pourquoi se

presser, c'est encore plus triste derrière. Vous attendent, dans l'ordre, le Tribunal de Commerce, les Pompes funèbres générales, l'Hôtel de Ville.

Le père savait parce qu'il travaillait à l'Hôtel de Ville. Surnuméraire. Ses deux trajets par jour lui donnaient le droit de dire. Compter ses pas n'est pas sorcier. Par la droite, il en gagnait onze.

Surnuméraire, c'est la vis sans fin. Tout juste habitué à un chef, il faut passer sous un autre. Comment ne pas s'aigrir ? Bien qu'affecté les trois quarts du temps à la régie des marchés, le malheureux en arrivait à ne plus supporter du tout d'être l'oiseau sans nid.

Non content de s'aigrir, on deviendrait facilement plus bête que nature. Un soir, un de ces soirs d'été où ce n'est pas un crime de traîner au jardin après qu'on a tout bien arrosé, cela avait chauffé avec le pavillon d'à côté. Les voisins en question, des commerçants, auraient mieux fait de se taire, lui connu pour deux faillites, elle pour un frère mongolien, mais ils ne savaient que crier. Ils criaient que le père les pompait.

En clair, ils l'accusaient de se prétendre quelque chose comme chef à la mairie, alors que pas du tout. Renseignements pris, pris par eux en mairie, si celle-ci le classait chef, c'était du bataillon des bons à rien. Elle ne le gardait que par pitié, mais tout en bas de l'échelle, moins payé qu'éboueur. Ils en faisaient une andouille et une baudruche à égalité. On ne voyait plus de fin : ils se relayaient. Les faillites les avaient un peu mouchés, mais pas longtemps, le mongolien encore moins, ils trouvaient toujours du nouveau. Ils criaient « Voleurs ! ». Les cerises. Leurs cerises. Je pense bien : la moitié des branches pendaient chez nous !

— Que lisez-vous donc, ma tante, qui vous passionne à ce point ?

— Passe-moi donc, mon neveu, ce peignoir, dit Colette Stern en arborant, comme Kenny dans le livre, son grand sourire.

— Voilà, ma tante... Qu'il est bien ! Quel goût ! Comme il vous va !

— Oh ! c'est un peignoir, soupire-t-elle, et elle se dirige immédiatement vers la fenêtre, où une constatation s'impose : il fait grand vent.

— Et tant mieux ! dit le neveu. Sans lui, nous aurions déjà la neige.

— Tu crois ?

— Absolument. Par ce froid, vent qui s'en va donne grosse couche. Dit la sagesse paysanne, et je deviens de plus en plus paysan depuis qu'il me faut vivre ici à longueur d'année.

— Je sais que c'est dur, dit-elle, mais évite de nous en faire un complexe !

Ils regardent un moment venter sur les Parcs. La cime des arbres bénit rageusement les pavillons qui abritent les sources. Il ne passe strictement personne.

— Isherwood.

— Pardon, ma tante ?

— Je lis Isherwood. Tu connais ?

— Pas du tout.

Faute de gens, arrivent deux chiens. Ils se croisent sans un bonjour.

De leur côté les voisins nous piquaient des abricots par-dessus la haie. Le père en eut gros, mais préféra scier l'abricotier.

Hémon se plaint d'avoir vécu d'aussi piètres, lamentables, consternantes premières années. Il se félicite de s'en être sorti très vite, indemne et tout seul. La célébrité, sinon la gloire, qu'il s'est acquise depuis lors lui a au moins appris à ne pas tirer gloire de n'importe quoi, mais de cela, oui !

Ce qu'il apprécie plus que tout chez sa mère est une sorte d'incapacité à être vraiment vulgaire. Les rares fois où elle approche de la vulgarité, on voit bien que c'est par mimétisme, pour ne pas rester bête devant les autres. Elle vient d'un village dans la montagne où l'on n'était pas vulgaire : on ne se parlait pas. Elle se reconnaît bête, mais préfère dire « sotte » : ne pas se vanter.

Lui-même ne l'idéalise pas, il l'aime. Il n'a pas besoin de lui attribuer des tonnes d'intelligence, il l'aime telle quelle. Il la trouve tout ce qu'on voudra, sauf vulgaire.

L'ayant déjà dit, il précise : sauf adulte.

Il l'aime d'avoir traversé la vie en oubliant de devenir maligne. Les plus rusées de ses ruses, on les a toujours vues venir (même le père !) à des kilomètres. Il l'aime d'être encore à la veille de croire qu'elle ait pu compter pour quelqu'un. Il l'aime de n'avoir jamais eu pour un sou de défense — et ne se juge nullement négatif en présentant les choses ainsi.

— Un roman, précise Colette Stern. Pourquoi ce discrédit sur le roman ? Les gens ne jurent plus que par les essais, les biographies. Pourquoi ?

Le neveu n'en sait trop rien, mais plaide coupable : « Ils se veulent réalistes, je suppose.

— Quelle mauvaise raison ! On trouve bien plus de réalité dans de bons romans que partout ailleurs.

— Une certaine réalité, disons. Disons : la réalité vue sous un certain angle.

— Mais c'est l'angle qui compte ! Simple exemple : est-ce que tu m'aimes dans tout ce que je suis ? Bien sûr que non. Et moi non plus. Pas dans tout ce que tu es : heureusement qu'il y a des angles ! Prenons ce roman... (Elle va le chercher.) Il raconte les affres d'un vieux prof dont je me contrefiche. N'empêche qu'au bout de vingt pages je l'aime comme moi-même. L'angle, c'est que son amant vient de passer l'arme à gauche.

— Un prof ? Un homme ?

— Oui.

— Ah !

— Je te rassure : aux Etats-Unis.

(« J'arrive ! » crie la nièce qui bouscule de la vaisselle au loin. Elle les prie de ne pas s'en dire trop, elle voudrait bien profiter aussi.)

— Isherwood, reprend Colette Stern, était anglais autant qu'on peut l'être, mais comme il vivait en Californie, son homosexualité avait pris des couleurs nettement américaines. Bien des barrières étaient tombées. Il se cache à peine d'être ce prof déboussolé. D'ailleurs c'est écrit au dos. Je te le lis, ou ça t'ennuie ?

— Pas du tout, ma tante. Lisez.

Elle lit du ton le plus neutre : " Autoportrait sarcastique et pudique, peinture sensible mais sans fard d'un homosexuel individualiste dans une société grégaire, c'est aussi une méditation lucide sur la solitude humaine. "

— En effet, dit le neveu. Je peux mal juger, mais en effet, ça promet ! »

Oiseau désailé, une plaque de tôle percute le ciment des Parcs et continue à mener grand bruit jusqu'à ce que le vent l'ait coincée sous des fusains.

— A propos de réalisme, t'es-tu déjà inquiété de savoir quelle part du marché représentent les homosexuels mâles utilisant vos crèmes de soins ?

Bon neveu, le neveu veut bien en rire : « Ah ! non. Pas encore, je vous avoue !

— Stern prétendait que tout homme a eu ou aura, au minimum a frôlé ou frôlera une expérience homosexuelle. Qu'en penses-tu ?

— Que voulez-vous que j'en pense, ma tante !

— Tu souscris ou pas ? »

Il réfléchit, puis ne souscrit pas.

De l'autre côté de la cathédrale, le Tribunal de Commerce offrait plus que jamais son air de théâtre pompeux pour tournées miteuses.

Comme partout les Pompes funèbres s'étaient mises en gris, ce gris léger par lequel elles croient peut-être faire gai. Hémon, ça le hérissait. Savoir que dans deux mois, dans trois mois, il aurait à pousser cette porte guillerette pour régler les obsèques de sa mère fut la goutte de trop.

A ses yeux le malheur n'existait pas, c'était chaque fois quelqu'un qui lui faisait tort. Ou le monde, mais si possible quelqu'un, et il trouvait excellent d'avoir été ce môme qui volait pour un rien dans les plumes des copains. En un sens, c'est salubre.

En ce sens il revint à Julia Sanvoisin. Il allait regretter de ne l'avoir pas traînée assez bas lorsque lui arriva sur l'aile du vent une remarque étonnamment dans l'esprit de ses propres considérations depuis la Grand-Poste. Elle lui arrivait de la bouche d'il ne savait qui, d'un homme qui hurlait, mais elle aurait pu être de lui, il aurait pu se la faire : elle le proclamait « de retour chez les sauvages ». En propres termes.

Il sourit.

IV

Hémon sourit à droite et à gauche, dans le vide absolu, plusieurs secondes, au moins quatre, avant que son interpellateur invisible ne redonne signe de vie, et c'est long. Il n'y a pas plus dur à tenir, croyez-en un acteur, que ce genre de sourire à double effet : interrogatif et sur la défensive. On se crispe.

Enfin bon, l'autre se démasque. Il lance : « Par ici ! » Il appelait d'une voiture. Il en descend. Il annonce : « C'est moi ! », et avance.

Qui, lui ? Tout ce qu'on peut dire est que « Moi » ne doit pas faire une mince affaire d'être lui, le costume en installe. Et passe encore pour cette flanelle anthracite à rayures blanches, mais les chaussures, une catastrophe : en daim beige ! A environ mi-parcours, il enchaîne : « Je me permettais d'observer... » Cela peut avoir la cinquantaine, mesure pas loin d'un mètre quatre-vingt-dix, dégage une certaine puissance. Arrivé à un pas, mais sans tendre la main : « ... de relever et de vous dire : Monsieur Hémon, vous voilà donc de retour *chez les sauvages* ? »

— Oui. Vous êtes ?

— Charles Failleton. Maire adjoint. Avocat.

— Francis Grandraymond. Dit Hémon. Comédien.

Mais le vent en rajoute et Failleton se contraint à attendre un répit avant de glisser sur le même ton que le vent, forçant sur les sifflantes : « Oh ! s'il vous plaît, pas de fausse modestie. Epargnez-moi ça ! Même des sauvages connaissent votre pedigree, vous voyez ce que je sous-entends ?

— Oui, répond Hémon avec douceur.

— Que je sache, " chez les sauvages " est de vous ?

— Non, répond Hémon, toujours doux, car les cheveux le <u>turlupinent</u> : teints ou pas ?

— Ah ! excusez-moi, je l'ai lu !

— Moi aussi.

— En gros titre dans un hebdo très lu, j'ai lu, tout un chacun a pu lire il n'y a pas un an : " Mon enfance chez les sauvages. " Rien que ça !

— Non : " *Une* enfance chez les sauvages. " D'ailleurs pas en titre, en intertitre.

— Je revois un titre. Passons. Vous imaginez l'effet ?

— Facilement.

— L'effet sur une ville ? L'impact ?

— Oui, oui.

— Moi, j'ai dit : qu'il revienne. J'ai dit aux gens : qu'il s'avise de se remontrer par ici, je vous <u>fiche</u> mon billet que je ne le rate pas.

— Je vous comprends, assure Hémon en entamant du coin de l'œil un examen véritablement critique des malencontreuses chaussures. A votre place, j'aurais probablement réagi de même. »

Alors Failleton dit que ça suffit, peu lui chaut d'être compris. A d'autres le coup du charme, il y est allergique. Ceux pour qui une jolie petite gueule règle tout le font rire. « RIRE ! », mais de nouveau le vent.

Les ribouis sont parfaits. Ils n'ont pas seulement contre eux leur beige pisseux, ils ont d'être des souliers de marche comme on en trouve dans la plupart des grandes surfaces et n'ayant déjà que trop marché. Le prétendu daim gondole. On devine un usage tous temps tous terrains, mais principalement rural, de préférence sous pluie ou neige. D'où Francis Hémon a vite déduit le monsieur. Il voit une forme aiguë de ce fanatisme pour la vie au grand air qui l'a toujours rebroussé dans des professions vouées à faire sans — avocat, acteur ou autre. Pour avoir un tel besoin de la Nature, il n'y a d'après lui que des types qui se fuient. Qui fuient dans la Nature le sentiment profond de leur nullité profonde. Au mieux, avec beaucoup d'indulgence, qui fournissent un alibi à leur flemme. Fin de l'analyse.

L'analyste pourrait se dire aussi que de plus en plus de choses ont le don de l'exaspérer, mais celle-ci ne date pas d'hier, et il y va gaiement :

— Vous êtes chasseur ?

— Oui. Pourquoi ?

— Pour rien. J'essaie de situer votre niveau mental. Parce qu'admettons que cela vous démangeait de me la sortir, mais vous la voyez où, ma jolie petite gueule ? Regardez-moi. En face ! Vous la voyez ? Vous remarquez quelque chose ?... Puis écoutez : dans trois ans, j'aurai quarante ans. Alors si vous croyez que le problème se pose encore en termes de jolie petite gueule, laissez-moi vous dire que je ne vous prendrais pas pour avocat. Il doit toujours vous manquer une donnée, non ?

Le vent.

— Et maintenant le fond. Mon enfance. Je la vois grise. Je ne dis pas tragique, je dis grise. Vous, vous êtes allergique au charme, moi c'est à l'imbécillité ambiante. Celle d'ici n'est peut-être pas pire que dans bien des villes, mais elle est particulière. Spécifique ! Et justement c'est cette forme qui moi, me tue. J'étouffe rien que d'en parler. Je n'en parle que contraint et forcé, mais « chez les sauvages » n'est pas de moi. Cela aurait pu, cela n'est pas... Quoi ?... Oh ! non. Oh ! pas le genre !

La cathédrale sonne midi.

— Dans mon cas, renoncez tout de suite à des mots comme « se rétracter ». Mais je vous livre un grand secret : pour une interview, on est deux. En l'espèce une femme. Moi et une femme... Quoi ?... Non plus. Absolument pas ! Pendant que vous y êtes, rayez donc aussi « se dérober ». Je me garde mon charme, vous vous gardez vos effets de prétoire !... Ah ! mon vieux, si vous me coupez tout le temps, je vous préviens que ce sera vite fini !...

La cathédrale repart pour douze coups, sans préjudice du vent.

— Je peux parler, oui ? Je peux ?... Cette femme — une grande professionnelle — note. Cette femme, après s'être relue, conclut que « chez les sauvages » rend bien la couleur de ce que je lui ai dit. Donc JE l'ai dit. La couleur était dans mes réponses, mes réponses lui ont donné matière. Lieu à. Voyez comme je me défile : j'endosse !

Cependant la sortie des bureaux leur vaut pas mal de monde. Les hommes passent, les femmes s'arrêtent. Les bureaux, ici, c'est la mairie, et pourtant il ne fait pas de doute (leurs yeux, leurs mines, leurs grâces) que ces employées de la Ville mettent l'insulteur cent coudées au-dessus de l'insulté — l'acteur au zénith, l'adjoint au maire aussi bas qu'on peut ravaler un patron.

— Est-ce bien clair ? demande l'acteur. Vous vous montez, vous vous montez, mais qu'espérez-vous au juste ? Que j'atténue ? Est-ce que... je ne sais pas, je cherche... est-ce qu'une « enfance chez *des* sauvages » vous calmerait ? Plus « chez les », « chez des ». Pas tous : certains ! « Chez *certains* sauvages » vous irait ? Non ? C'est « chez » qui vous choque ? Oh ! si vous préférez « parmi », va pour *parmi*, mais ne criez plus, c'est tout ce que vous aurez.

Il sourit en s'efforçant que ce soit sans charme.

— « Parmi un certain nombre de sauvages non déterminés. » Au revoir, monsieur.

Il ne lui tarde que d'être ailleurs.

Il balaie rondement les carnets, les cartons que les femmes lui tendent. Il hait celles qui insistent, mais il ne s'aime pas beaucoup non plus.

Il file.

Passé l'Hôtel de Ville, le plateau s'effondre et l'on embrasse toute la plaine.

Hémon s'arrête, comme si c'était une nécessité de considérer la plaine.

Il lui reste assez de sens commun pour soupçonner qu'un Failleton n'en méritait pas tant qu'il lui en a fait. En tout cas pas si long. Il a été long.

L'acteur le sait.

L'acteur (au moins l'acteur) l'a su à mesure que les mots lui venaient. Connu pour sa sobriété à l'écran, il s'afflige d'en faire régulièrement trop à la ville. Et pourquoi ? Bon Dieu, de quel droit ? Comme si tout ce qu'il vit, pense, décide depuis des mois ne se résumait pas à un tissu d'inconséquences.

Il dit « décide » par dérision : il ne décide rien. Il pourrait en donner des exemples qui ne seraient pas gais.

Il préfère repartir, mais dès les premiers pas le voilà à se traiter de nouveau, comme devant les raquettes, de débile complet : tout ce qu'il a trouvé à se dire après « un tissu d'inconséquences » est que d'ici, la vue serait-elle un peu moins bouchée, le ciel un peu moins noir, il distinguerait les toits du village où gît sa mère.

Par bonheur, passe un taxi.

V

— Puisque de toute évidence nous allons poursuivre ces bonnes relations, dit Colette Stern, autant vaut te faire tout de suite à l'idée, ma pauvre chérie, que ta tante reste un cas désespéré. Depuis le pensionnat — vois un peu où ça remonte ! — nul ne peut se vanter, pas même Stern, de l'avoir tirée du lit à une heure décente. Ajoute qu'ensuite elle se prélasse dans son bain comme si de rien n'était : on paierait pour la battre. Tu n'es pas la première à en avoir envie, j'espère que tu n'as pas un soufflé au four ?

— Oh ! non, ma tante. Ni soufflé, ni gigot.

— Que c'est joli ! Comme tu l'as bien dit !

— Ne vous moquez pas. Soufflé amène gigot, je pense.

— Mais c'est le ton : la musique que tu y mets ! Finalement, je te connaissais à peine. Eh bien, tu me ravis ! Prends ça pour une déclaration : en deux jours tu m'as charmée et maintenant ça y est, je t'aime. Je m'étais promis de ne te le dire que juste avant de nous quitter, mais comme dans les départs j'oublie généralement l'essentiel, je préfère que ce soit fait. Des filles aussi vraies que toi à ton âge, encore aussi nature, je n'en ai pas connu beaucoup. Voilà : je t'aime vraiment.

Des plus pâles à partir de « déclaration », la nièce s'empourpre sur « vraiment », pousse un petit « ah ! », puis se sauve. Trotte, à ce qu'on entend, faire couler le bain de sa tante.

Sans que ce soit peut-être aussi fort qu'elle vient de le lui dire, sa tante l'aime, l'aime bien, mais elle a menti sur le reste. A Paris elle est debout à 8 heures, quitte à ne savoir que faire de sa matinée, sinon lire, mais assise.

Louise Grandraymond gisait sur un lit hérissé de mécanique pour les soins.

La chambre était bien, sans doute assez claire par temps clair. Une belle chambre. Deux grandes fenêtres ouvraient sur le jardin, mais le fils redouta immédiatement la contrepartie : sa mère exposée à être vue. Il avait une sainte horreur des photographes, donc toutes les préventions contre les rez-de-chaussée. Heureusement, celui-là était surélevé. Autre bonne chose, le chemin qui joignait la terrasse au petit bois du fond passait assez loin, et derrière des lauriers-tins. Mais gravillonné : merci pour le bruit !

Les mères qui meurent subitement ne savent pas ce qu'elles perdent. Lui qui avait laissé vivre la sienne à cent mètres d'une tôlerie, prit tout d'un coup très mal de la laisser mourir dans des chuintements sur du gravier. Surtout l'été, avec les familles en visite. Il se parla de smalas. Il se raconta des gosses courant, braillant. Eh bien, il aurait le plaisir de les envoyer voir ailleurs ! Hier soir au *Frantel*, il n'avait trouvé le sommeil qu'en se jurant d'être là pour les derniers moments de sa mère ; alors raison de plus, dût-il y passer l'été.

Un peu disparate, le mobilier se révélait néanmoins sans faute majeure. Il avait remarqué d'emblée la commode Louis XVI. Elle lui en rappelait beaucoup une que Julia avait l'an dernier dans son stand, au fond à gauche, pas plus élégante, bien que signée.

Il porta une chaise près de sa dormeuse. Elle était sur ce lit comme sans doute les brancardiers l'y avaient posée, à plat dos juste au milieu. La respiration, bien calme, gonflait régulièrement le creux des joues. Il approuva l'hôpital de n'avoir pas lésiné sur les tranquillisants. C'est lui qui avait insisté pour qu'on la transporte ici dès ce matin, un peu contre l'avis des chirurgiens. Pourvu, se dit-il, qu'ils l'y oublient. Il ne leur demandait qu'une chose : pas d'acharnement thérapeutique.

Puis tout odieuse que cette maison lui demeurait par principe, elle ne lui paraissait déjà plus si mal dans le genre. Sa façade de lave, noble et austère, n'était pas de celles que l'on prête aux mouroirs de luxe, et le luxe de l'intérieur, bien réel mais par petites touches, gommait plutôt l'aspect mouroir. Il ne pouvait guère rêver mieux, ayant craint tellement pire. A part le lit, on se serait cru chez des gens.

Il alla toucher les radiateurs. Brûlants. Quant aux gens, il n'eut pas à attendre, on frappait.

Il eut le médecin-chef, la directrice, deux infirmières, l'aumônier. La directrice parla de l'honneur pour son établissement, le médecin-chef de l'artérite de Mme Hémon.

« De Mme Grandraymond ! » corrigea Hémon, et il n'apprécia pas davantage que ce patapouf au regard cauteleux se crût obligé de lui servir tous les habituels pieux mensonges sur l'artérite, notamment que le pronostic serait un peu moins mauvais chez la femme, un soupçon meilleur.

Il ne pouvait que bouillir d'entendre présenter sa mère, déjà une jambe en moins en attendant les deux, comme un bon cas, mais il supporta : la directrice avait un faciès tavelé de boxeur poids lourd en fin de carrière.

Il supporta uniquement pour éviter des représailles à sa malade, et même quand les infirmières se mêlèrent de confirmer en chœur : « Parce que moins d'excès. Beaucoup moins d'excès chez les femmes, tabac, alcool et le reste », il se contenta de ne plus les regarder. Elles le mangeaient des yeux.

Tous, d'ailleurs.

Dès le début il avait baptisé cette scène : « Portrait de groupe avec demandes d'autographes. » Il en attendait cinq, il n'en eut que quatre. Il n'eut pas l'aumônier.

— Est-ce bien le moment ? demanda-t-il.

Ils se glacèrent, sauf le prêtre. Toujours par souci de sa mère, Hémon promit pour plus tard.

Mais quand ? Aujourd'hui ?

Il promit pour avant son départ. Ils flottèrent, sauf l'aumônier, qui leva le doigt :

— Monsieur Hémon...

— Mon Père ?

— Il me semble que mon jeune cousin Maurice était avec vous au lycée. Maurice Labatut.

— En effet, en effet, marmonna-t-il, et il leur ferma sa porte, mais ils lui avaient réveillé sa mère.

Le temps qui fuit n'est pas l'obsession de Colette Stern. Quand elle songe à la brièveté de nos vies et au tout petit nombre d'entreprises qu'il nous est permis de mener à bien, c'est l'esprit tranquille, sans récriminer. « J'aurai au moins mené à bien, dit-elle, l'affaire Stern. »

Ce déjeuner sent la fin de séjour. Non que la nièce se relâche, mais elle a dû réaliser qu'elle était partie trop fort, trop au-dessus de ses talents. Après les ris de veau racornis du premier soir, puis l'intortillable lièvre d'hier, on n'a eu droit, mais très bons, qu'à des tourne-dos béarnaise et un gratin dauphinois ; et voilà qu'arrive de la crème caramel, dans de jolis ramequins.

— Stern, je l'ai connu ici, par un été pourri. Les salons de thé ne désemplissaient pas. On ne parlait que de la pluie et de la petite Bureau. D'une certaine façon je sauvais la saison. Une Bureau avec un rasta, car on disait encore rastaquouère, Vichy se pinçait pour y croire. Mes meilleures amies ne me donnaient pas six mois avant de pleurer toutes les larmes de mon corps ; je les trouvais trop bonnes, je tablais sur trois. D'une part Stern était bel et bien le voyou qu'on vous a dit — entre parenthèses : qu'il est resté —, et vous aviez en face, oh ! quand même pas une oie blanche, mais une fille encore rudement de sa province. Il m'a enlevée, ou l'inverse, le 15 août par le train de nuit. Notre rencontre datait du 2. Non pas au casino comme cela s'est beaucoup prétendu, mais chez des gens. Des bijoutiers. Ces gens n'avaient qu'un fils et me le destinaient, sauf l'été. L'été le diamant rapportait trop, d'où ils concluaient que je n'apportais pas assez. Or ce fils était tombé sous le charme — ravageur ! — de Stern du seul fait que Stern le plumait chaque nuit au baccara. Le lien peut sembler curieux, mais je sais ce que je dis, j'ai connu d'autres cas. Bref, en tout bien tout honneur, en toute inconscience, ce dadais que j'aimais malgré tout un peu mourait pour Stern. Donc j'ai voulu Stern, mais il est clair qu'avec deux sous de jugeote j'aurais arrêté les frais avant le train de nuit : je n'étais même pas très jolie.

Sur quoi la nièce bondit comme une néophyte au premier blasphème que lui réserve la vie profane : « Ah ! cela, ma tante, vous ne nous le ferez jamais croire !

— Mais les photos le prouvent, mon ange ! Beaucoup moins jolie que toi. Pas laide : sans grâce. Le mieux n'est venu qu'après, et très lentement. Il n'y a pas eu mutation, le mieux a demandé un temps fou. Stern me disait : " Vivement l'an prochain ! De progrès en progrès, il se peut que tu deviennes possible. " A trente ans, je t'assure que j'étais encore bien quelconque. Alors je suis ravie de faire partie de ces femmes à qui l'on est tenté de prêter une grande beauté quand elles étaient jeunes, mais c'est juste le contraire. »

Tous les acteurs ne sont pas des Narcisses. Hémon pensait fort peu à lui, et rarement en bien. Il pensait maintenant pis que pendre de son numéro à Failleton. Non seulement il le condamnait, mais il s'en inquiétait.

En gros, il se voyait mal parti.

Sa mère ne s'était pas réveillée pour de bon. Après un regard aux deux hautes fenêtres, puis ce murmure : « Que c'est beau ! », elle avait replongé.

Assis de nouveau à son chevet, il lui caressait la main, heureux de ne pas sentir de fièvre.

L'inquiétude portait sur ceci : est-ce que ce qu'il appelait tout à l'heure ses « inconséquences » n'étaient pas, en réalité, des crises ?

Jusqu'à aujourd'hui, il les avait plutôt considérées comme des sautes d'humeur, de bonnes petites rognes — amusantes, toniques —, au pire comme des coups de sang dont il aurait pu se dispenser, mais après Failleton, après surtout Julia, poignardée alors qu'il ne la détestait pas, il ne voyait plus très bien comment leur refuser la plupart des signes qui font qu'une crise est une crise, et rien d'autre.

Elles ressemblaient à des colères, elles n'étaient pas des colères. Elles pouvaient le faire passer pour caractériel, il n'était pas caractériel.

Il pressa la main de sa mère. Pas de réaction.

Renvoyé à lui-même, il esquissa très vite, très facilement, comme s'il la portait toute prête dans sa tête, prête à être récitée, une sorte de description clinique où ses soi-disant sautes d'humeur se révélaient le contraire de bénignes. Elles en ressortaient clairement comme des crises, et clairement pathologiques : subites, imprévisibles, irraisonnées, irrépressibles. Mot pour mot.

Subites et subies.

Puis « incohérentes, pour ne pas dire délirantes ».

Il se leva.

Il accepta « incohérentes », s'étant déjà vu agresser des gens qui ne lui avaient fait que du bien.

Il se rassit.

VI

Hémon se releva et marcha vers les fenêtres.

Le jour avait encore baissé. Le vent déplumait les lauriers. C'était une de ces heures où tout s'annonce noir, hostile et sans espoir.

Il se dit qu'il traversait un sale moment, mais qui devait arriver, non ?

Il incriminait là l'ensemble de sa vie depuis un certain temps. Il voyait une chose molle, informe, sans but ni règle. Il était d'accord que ce genre d'existence puisse vous conduire à des impasses.

Dans le taxi, le chauffeur avait allumé le plafonnier pour lire le journal en l'attendant. Il se souvint d'avoir remarqué *L'Equipe* glissée sous le pare-soleil. A propos de *L'Equipe*, il se demanda si Boris Becker confirmerait dimanche à Philadelphie l'insolente supériorité dont il faisait preuve de tournoi en tournoi depuis le dernier Masters ; et ensuite, sans transition, si les crises telles qu'il venait de se les définir, les crises désormais classées manifestations névrotiques, n'auraient pas pris la suite directe des fameux vertiges qui l'avaient mis tellement à plat l'année de son divorce.

Il revint vers le lit.

En fait la suite directe, comme un mal de substitution ? Avec ce point commun qu'il ne les voyait pas plus venir que les vertiges, donc probablement pas plus maître de ne pas les piquer.

Il hésita.

Il se rassit.

Il lui avait toujours semblé, et encore ce matin, qu'il les piquait à peu près à volonté. En tout cas une illusion tomba : qu'elles l'amusaient. Contre Failleton, hormis une certaine excitation sur les mots, il s'était senti aussi triste pendant qu'après. Navré d'avance.

Il trouva la main de sa mère plus froide qu'il ne l'avait quittée. Il entreprit de la réchauffer, et se dit : « Voilà, mon petit ami ! Voilà où tu en es », mais ce ne fut pas tout. Les crises avaient bon dos, il s'accusa de s'y prêter. Souvenirs à l'appui, d'y mettre du sien, d'en rajouter de son cru.

Il se reprochait au premier chef de truquer.

Truquer, pour un acteur, c'est la plupart du temps avoir accepté un rôle peu dans ses cordes et c'est croire en venir à bout en le jouant purement sur le métier. En le sur-jouant. Il arrive d'ailleurs que cela prenne : « Quel travail en profondeur ! Comme il a su tirer le personnage à lui, comme il l'a nourri. Enrichi ! » Seulement une vie, votre vie, pas question de la « tirer ».

Il caressait sa mère rudement. De la main il progressait vers l'avant-bras, en massant.

Il massa jusqu'à ce qu'il eût admis que ce pouvait bien être sa vie, en effet, sa propre vie qu'il jouait faux (à côté) depuis des mois. Il vivait seul. Depuis maintenant dix-neuf mois qu'il vivait seul, ne parlons pas de désintérêt, c'était du dégoût, le dégoût de tout. Son dernier film datait de deux ans et il n'en fichait plus une rame. Il fallait le supplier pour qu'il lise un scénario. Il laissait filer le temps comme s'il avait le temps. Il décrétait imbuvables a priori tous les scripts dont son agent lui disait un peu de bien. Il hibernait. Hors crises, vous aviez une chiffe. Le schéma s'établissait ainsi : amorphe, puis remonté comme un tambour ; à peu près idiot, puis fou furieux.

Il vivait seul dans une grande maison neuve qui lui sortait par les yeux, entouré de pelouses qui lui donnaient la nausée. Moyennant quoi rien ni personne ne lui aurait fait quitter le coin : il sciait. Du moins pouvait-il scier ! Il ne mettait plus grand-chose au-dessus de scier. Il n'y avait rien comme scier, bien scier, scier longtemps, pour lui donner encore du bonheur : il y déployait sa force tout en se persuadant de sa vertu. Il s'aimait d'être une star qui scie ses bûches. Il sciait comme un chef, comme un malade, de tôt le matin à tard le soir. A la veillée il aiguisait ses scies, affûtait ses haches. Il se fournissait de hêtre en vrac chez un charbonnier de Versailles, cinq stères par cinq stères, puis sciait. Débitait. Sa pile atteignait déjà six mètres de long sur deux et demi de haut, mais il espérait les dix mètres pour juillet, peut-être juin. Il visait la muraille.

En psychiatrie cela devait porter un nom.

Il se dit : « Puisque tu es le plus fort même au ralenti, le plus fort et un petit saint, à quoi rime ce besoin de nous le prouver à tout bout de champ ? »

Il nota avec plaisir qu'ici au moins ils connaissaient l'existence des édredons. Hier à l'hôpital, il avait très mal supporté le creux de la jambe manquante sous une trop mince couverture.

Il se dit : « Si tu ne supportes plus rien, tires-en les conséquences, mais arrête d'embêter la terre entière. Et toi. Toi pour commencer ! » Non sans s'estimer un rien simpliste : on ne se retire pas comme ça au désert. Et même au désert il savait très bien qu'il embêterait encore les chameaux.

— Dans quel pays se trouve le Krakatoa ?
— En Indonésie.
— Voyons ça, dit le neveu en retournant la carte. Exact !
— Où veux-tu que ce soit ? Mais leurs questions sont légèrement vicieuses, il fallait dire *la* Krakatoa. Tout le monde voit un volcan, en fait c'est une île. Une île en partie détruite par l'explosion d'un volcan, mais le volcan s'appelait tout autrement.

— Vous y êtes allée ? Là-bas aussi !

— Seulement à Djakarta, et en passant. Stern leur avait tellement plu qu'ils ne cessaient de le tanner pour un second récital, mais Singapour lui en garantissait trois. Singapour se faisait forte de drainer les grandes villes de Malaysia, pas seulement Malacca, aussi Kuala Lumpur et George Town, alors bon. Du reste trois soirées ne suffirent pas, Stern dut en donner quatre. La quatrième vous savez pour qui ? Pour nos Indonésiens ! Beaux joueurs, car ils vomissent la Malaysia depuis le fiasco de leur fameuse Union, ils avaient rappliqué aussi, et de bien plus loin que Djakarta : de Bandung, de Surabaya, même des Célèbes. Je revois un énorme bonhomme des Célèbes, d'ailleurs un très gros bonnet, quelque chose comme vice-roi dans son île, un des rares gros bonnets de l'équipe Sukarno à être restés bien en cour sous Suharto, mais quel numéro ! Quel agité ! Un lutin de cent cinquante kilos, un potentat aérien. Il nous bombardait d'invitations pour son palais de Macassar, et il était si drôle, si visiblement une canaille, que nous étions toujours à deux doigts d'accepter... Bon, qu'est-ce que je fais maintenant ?

— Vous jouez. Pour la victoire. Sortez un six, il ne vous restera plus qu'une question.

— Nous aimons beaucoup ce jeu, dit la nièce. Il nous a tout de suite conquis.

— Je vous comprends, soupire Colette Stern, et elle lance le dé, amenant quatre.

— Quelle main ! s'exclame le neveu, car ce quatre conduit à une case d'où il est permis de rejouer. Ma tante a une main d'enfer. Je sens qu'elle va nous sortir deux. Je parie ce que vous voulez sur le deux !

Il est tout excité. Ses yeux sont presque vivants, ses

cheveux presque en désordre. Colette Stern s'inquiète de savoir s'il pratique d'autres jeux. Aucun. Le bridge le rase. « Je ne pensais pas au bridge... Eh! oui, résume-t-elle, on compterait les villes où je ne suis pas allée avec Stern. Accrochée à Stern. Je vous ai parlé du train de nuit. Dans ce train je savais déjà que si je quittais mon affreux rasta d'une semelle, je pouvais lui dire adieu. Eh bien c'est resté vrai jusqu'au bout. Vingt ans après, vous aviez encore le surveillé et sa surveillante.

— Jouez, suggère le neveu.

— La surveillante aussi voyou que son voyou, mais je pense que j'étais douée. Par exemple, tout petit exemple, j'ai découvert l'Egypte avec quarante de fièvre, gaie comme tout. Sans rater une pyramide. Pauvre Stern !

— Jouez !

— Je suppose que huit jours sans moi lui auraient semblé le paradis, mais là il rêvait ! Sa plus grande victoire a été d'une demi-journée. Je peux vous dire où : à Quito, en 74. Je le cherchais dans les bars, il visitait l'église des Jésuites.

— Jouez. Jouez donc ! »

Elle joue, et c'est deux, comme prédit par le neveu.

— Question rose ! Catégorie « spectacles » : finies, proclame-t-il, les facilités de la géographie !...

Ce coup-ci, ce serait à sa femme de tirer la carte, mais il a déjà pioché. Elle lui dit : « Méchant, c'était mon tour ! » Il ne l'entend pas, il prend connaissance. Il jubile : « Dans quel film figurent 25 000 hommes, 11 000 femmes et 11 000 chauves ? »

Silence.

Pour tant de monde Colette Stern ne voit qu'un grand, ou alors Cecil B. De Mille, mais ce sont les chauves qui l'arrêtent. Elle élimine Murnau, puis Eisenstein.

— Un film ancien ?

— Ah ! je ne sais pas ! Je n'en sais pas plus que vous. On répond d'abord, je regarde ensuite.

— Fritz Lang ?... *Metropolis* ?

— La réponse est... *Metropolis*. (Les yeux s'éteignent.) De Fritz Lang en effet. Que dire, que faire, elle sait tout ! Nous n'avons pas existé. Nous n'existons pas.

— Mais si, dit la gagnante, mais si !

Bien qu'horripilée par la démagogie chez les autres, elle s'en permet parfois un brin, comme ne faisant de mal à personne. Elle ajoute donc qu'ils vont exister beaucoup pour elle désormais. Surtout que le bébé sera bientôt là. Elle voit ce bébé comme une merveille, tout leur portrait, et se lève.

Elle s'étire. Elle a trop longtemps reproché à ses seins d'être menus (« durs et arrogants : la morgue des nabots ! » disait Stern) pour ne pas leur savoir gré de l'être restés ; et comme elle porte un pull très fin, blanc cassé, le neveu se bloque net. Il rangeait déjà cartes et jetons, il ne range plus. « Elle est quand même... », commence-t-il sur le ton de quelqu'un qui vous prierait de ne *quand même* pas trop lui en raconter (vouloir lui faire croire), mais il se reprend, se contient, transige : « Vous êtes quand même prodigieuse, ma tante ! Vous avez soixante ans, vous en paraissez quarante.

— Sûrement pas, dit-elle. J'en ai soixante-cinq et j'en parais cinquante. Les bons jours ! (Elle rit.) Donne-m'en cinquante et n'en parlons plus, c'est agaçant. »

Mais elle a encore menti. Ses soixante-cinq n'en sont que soixante-trois. Et même pas : elle est de juillet.

VII

Soupçonnant de la lumière, Hémon broncha sur sa chaise. Il ouvrit les yeux. Il y avait de la lumière. Il réalisa qu'il avait dormi. Bien réveillée, sa mère le couvait. L'adorait. Il eut honte comme pas souvent dans sa vie.

— Il est fatigué, mon garçon ?

— On se demande de quoi, grogna-t-il, il ne fait rien. Il corrigea : « Ces temps-ci. Ces temps-ci, rien !

— Tu t'es couché tard ?

— Même pas. J'ai dîné, puis au lit.

— Ils t'ont bien soigné, à ton hôtel ?

— Bien. C'est toi qui as allumé ?

— Oui. Vois comme c'est pratique : tout est à portée. Je te regardais dormir, mais il faisait si sombre.

— Maman, pardon !

— Au contraire, ç'a été bon. Tu dormais si bien ! »

Il ne discuta pas « dormir ». Il restait sur l'impression de s'être seulement assoupi, mais sans se voir plus blanc. Il versa d'autorité au dossier « Apathie » — section « Débilité mentale », sous-section « Bûcheron de mes deux ! » — l'exploit d'avoir plus ou moins pioncé auprès d'une mère dont les infimes derniers bonheurs sur cette terre ne dépendaient que de lui. Il expliqua : « Et ça, la petite boîte, c'est pour la télévision.

— Je sais. Une télécommande. Mme Bonneau a la même chez elle. Je connais. Ah ! tout est pensé !... Tu es venu ! »

Elle s'émerveillait : il était donc venu !

— Excuse-moi, j'ai cru devoir, dit-il d'un air dolent (d'un air penaud et peiné auquel sa mère était bien la dernière à pouvoir se laisser prendre : depuis tout petit, quel taquin !). Il me semblait te l'avoir promis hier soir à l'hôpital, mais je constate que j'aurais pu m'en dispenser. Apparemment, tu l'avais oublié ?

— Oh ! non, mais...

— Il n'y a pas de mais ! tonna-t-il. Le seul mais possible serait que tu aies cru une seconde que j'allais repartir sans avoir vu où et entre les mains de qui je te laissais. Si c'est ça, dis-le. Si c'est ça, merci ma chère maman !... (Il sourit de tout son charme.) On t'en redonnera, tiens, des fils comme moi !

— Ah ! je sais, dit-elle. Ça, je sais bien !

Elle ne le savait que trop, n'en était que trop heureuse, n'avait que trop de chance, et c'est bien pourquoi elle s'accusa aussi d'être trop sotte, avec une larme. Alors lui prit un air carrément terrible, le visage du pire méchant dans la pire des séries B, clamant qu'il en avait jusque-là de la sottise et des larmichettes, donc qu'il allait la traiter comme elle le méritait. Durement.

Elle fut aux anges.

Il la prévint très durement qu'elle ne s'en tirerait pas toujours avec l'excuse de la bêtise, alors qu'en fait pas du tout, alors que fine comme tout ; puis, férocement, que s'il fallait des gifles pour lui faire admettre qu'elle

avait un fils somme toute pas si mal, les joues lui
cuiraient sous peu. Parce qu'il l'aimait. Voilà!

— Répète, dit-elle. Répète-le!

— Non, Mademoiselle, vous n'aviez qu'à écouter!
Est-ce que par hasard vous voudriez me faire rater
mon avion?

— Surtout pas, dit-elle, mais les enfants? Tu ne
m'as pas encore parlé des enfants.

Il n'avait fait que ça toute la journée de la veille. Il
regarda sa montre.

Sous la double nécessité d'éviter de trop flagrantes
redites et de condenser, vu l'heure, Hémon improvisa
ceci, qui lui parut après coup assez équitable, pas trop
empreint pour une fois de l'affligeante sensiblerie qui
faussait ses rapports avec sa descendance, surtout avec
sa fille, même s'il s'estimait encore plus coupable
envers le garçon : « Grégoire, dit-il, est toujours le
même bon gros bonhomme planplan. A la limite
légèrement demeuré, mais peut-être plus pour longtemps. Il a toujours ses bonnes joues, ses grosses
cuisses, ses bons gros yeux de bon gros chien ami de
tout le monde, et pourtant il semble que quelque chose
va bouger. Je sens ça. Tu sais qu'il passe les petites
vacances chez moi. A celles de Toussaint je lui avais dit
qu'on n'a encore rien inventé de mieux que le tennis
pour faire tomber un gros pétard, mais sans plus, tu
vois, sans insister. Eh bien, huit jours après le petit
père Greg avait tout débrouillé tout seul au fond de sa
campagne. Là-bas c'est un exploit, très peu de clubs
disposent de courts couverts. En convaincre un de te

prendre début novembre, crois-moi qu'il faut s'y employer! Je n'en revenais pas, il n'aimait que la pêche à la ligne. Or de ce jour adieu pêche : tennis! Trois leçons par semaine et entraînement le dimanche, avec déjà de petits matches. Résultat : il s'affine. Un peu. Se dé-grossit, au sens propre.

— Petit bonhomme!

— Attends. Ne confondons pas. Ce vice d'obéir, il l'a toujours eu, seulement voilà autre chose : il se veut parfait. C'est cela que je sens. Doté de meilleurs parents, sans doute se contenterait-il d'être un petit garçon bien comme il faut, mais avec nous il a dû calculer qu'il ne pouvait se demander moins que la perfection. Pour que le bon Dieu, car il y croit, le bon Dieu venant à passer en trouve quand même un de pas trop mal, comprends-tu, dans cette famille. Pour en tout cas se mettre à part, lui, de ce qui reste le scandale des scandales, notre séparation. Se mettre au-dessus. Accessoirement, nous faire la leçon. Si bien que j'adore le voir jouer. Oh! je ne te dirai pas que sa perfection sur un court soit pour demain, mais il joue sérieux. Technique! Il s'applique dix fois plus que la moyenne des mômes, et surtout il joue méchant. C'est bien, ça!... Tu dors?

— Ah! non. Oh la la, je m'en voudrais! »

Hémon laissa un blanc. Il se prévenait à fond contre toute tentation d'un numéro à propos de sa fille.

Il reprit : « Quant à Christine, elle est de plus en plus jolie. A quinze ans on est facilement très jolie, mais elle, j'ai lieu de penser qu'elle le restera. Sinon quoi?

Que te dire de plus ? J'hésite, je suis son ennemi. C'est acquis. Je suis son ennemi, point à la ligne. Pas plus tard que le mois dernier elle m'a prévenu que j'aggraverais singulièrement mon cas en espérant le devenir ne serait-ce qu'un tout petit peu moins à force de gentillesse et de compréhension. Bon. Elle lit Duras, Genet, Beckett, elle a vu tous les films de Duras. Très bien ! Duras, pour te fixer les idées, est une dame. Une dame qui fait beaucoup dans le génie, tandis que mes films à moi, ceux où l'on me voit, souffrent de cette tare qui s'appelle le succès. Un succès, paraît-il, populaire. Soit dit en passant, je demande qu'on me montre un grand succès de cinéma qui ne soit pas populaire par essence. Peu importe, tu sais ce qu'elle a trouvé ? Il va y avoir deux ans, elle n'avait pas encore vu *Le Camion*, elle m'a dit : " Papa, je crois que tu es en train de te couler. "

— Pour rire ? En riant ?

— Pas du tout. Sérieuse. Un juge.

— Eh bien qu'elle n'aille pas chanter ça à Mme Bonneau ! Pour Mme Bonneau, il n'y a pas plus grand que toi. Elle est directrice d'école, tu sais.

— J'ignorais, dit-il, mais ta Mme Bonneau est trop bonne, voilà tout. Mme Bonneau est trop bonne et la petite copine de Mme Bonneau a *trop* sommeil ! »

A sa grande confusion la pauvre dut bien admettre qu'il lui fallait en effet lutter. Tous deux maudirent les tranquillisants, puis elle observa de nouveau et du même ton que tout à l'heure, de la même petite voix qui s'en allait : « Que c'est beau ! Quelle chambre !

— Elle te plaît ?

— Ah ! je serais difficile : ce que ça doit coûter !

— Moins que tu penses, assura-t-il. Beaucoup moins. »

Elle ferma les yeux sur le souhait, mais il fallait vraiment tendre l'oreille, que la Sécu rembourse un peu.

— Je n'en sais rien, dit-il. Je n'en sais strictement rien pour la bonne raison que je n'en ai strictement rien à faire. Donc toi non plus. Comme l'argent ne pose pas l'ombre d'un problème et que je n'ai pas l'intention de te le seriner jusqu'à ce que tu sortes d'ici en pleine forme et appareillée pour gambader, j'aimerais assez que tu te le mettes une bonne fois en tête. Dans cette tête-là ! (Il lui baisotait le front.) Cette tête dure ! Vu ?

— Vu.

— Pardon de te parler comme un adjudant, mais je crois que de temps en temps il faut.

Elle eut encore la force d'acquiescer, avec ce sourire qu'il lui connaissait depuis toujours : coupable.

Elle ne se pardonnait pas l'amputation. Aurait-elle avoué plus tôt ce qu'elle endurait dans les jambes, on n'en serait pas là. Moins sotte, moins lâche, elle n'aurait pas causé à son fils tout ce chagrin qu'elle lui sentait de la voir infirme. Un soir à Paris, le soir de leur première visite dans le service d'un grand patron, il lui avait dit : « C'est impardonnable ! Si jamais ils doivent t'amputer, et j'espère encore que non, tu sauras à qui t'en prendre ! » Il s'en mordait les doigts, mais si ce n'avait été cela c'eût été autre chose, elle sautait sur les occasions.

Quand de toute évidence elle dormit, il espéra trouver du papier à lettres dans le secrétaire. Il en trouva, ainsi qu'un stylo feutre de couleur vert olive et écrivant vert pomme. Il écrivit : « Maman, il est l'heure de cette saleté d'avion. N'empêche que je t'aime ! Francis. P.-S. : La prochaine fois, je t'amène au moins Greg. Christine, je ne sais pas. J'essaierai. »

Après trois pas dans le couloir désert, il vit venir à lui, comme avertie par un guetteur, on peut dire une foule : plus seulement l'aumônier, le Dr Patapouf, etc., mais les aides soignantes, les femmes de ménage, le jardinier, des enfants. Le village avait envoyé ses enfants.

Il signa, signa, signa, annonçant toutes les vingt secondes que cela irait comme ça, qu'il était pressé, mais comment refuser à une fille de cuisine ce qu'il venait d'accorder à la directrice, à un prêtre ? Il ne refusa qu'à celles qui lui parlaient de sa beauté. Encore ignorait-il ce qui l'attendait sur le perron.

La neige tombait droit et dru. Droit parce que plus de vent. Comme quoi dire les choses les fait arriver. Tenu de neiger dès que la bise mollirait, le ciel, logique, neigeait tout ce qu'il savait. Et le chauffeur, sur ce qu'il avait laissé voir à l'aller, ce n'était pas de lire *L'Equipe* qui le désignait pour les rallyes.

« Ah ! Monsieur, dit-il, nous voilà mal partis », et il partit au pas.

Il traversa le parc sur des œufs, mais la route ne

l'inspira guère non plus. Déjà juste pour l'avion et sachant devoir d'abord passer prendre la valise d'Hémon au *Frantel*, il quittait rarement la seconde. Faute, plaida-t-il, de pneus neige. Il en avait pourtant d'épatants, hélas retirés d'avant-hier. Etait-il bête d'avoir cru l'hiver fini ! « Plutôt ! » dit Hémon, déjà à peu près sûr d'être tombé sur un cas chez les taxis, bien qu'espérant encore un petit mieux quand ils auraient pris l'autoroute.

L'autoroute ne fit que confirmer la route. Un, deux, trois camions les doublèrent. Il ne neigea plus que de la boue.

« Ecoutez, dit Hémon, si vous ne vous sentez vraiment pas les capacités, passez-moi ce volant ! » Sans autre résultat que de tendre l'atmosphère.

VIII

Ils virent l'avion s'envoler et force fut à Hémon de se
rabattre sur le train.

Comme par hasard le premier à partir était le
rebutant 18 h 47. Hémon tempêta de plus belle, d'ailleurs bien conscient qu'agacé dans les petites choses on
souffre moins des grandes : cette maman sur ses fins et
lui qui retournait à la maison. En prison.

Le 18 h 47 rebute Clermont parce qu'il s'arrête
partout. En seconde c'est la cohue : les gens qui vont
d'ici à là ; en première c'est le vide : le 19 h 32 vous met
à Paris pratiquement à la même heure. Alors Clermont
préfère attendre le 19 h 32, et c'est ce que lui-même
aurait fait sans la perspective d'avoir à poireauter en
gare, dans le froid, ou au buffet, sous les regards.

En première on peut choisir son compartiment, mais
Hémon, seul dans le sien et avec bonne chance de ne
voir personne jusqu'à Paris, demeurait ennemi à tout
crin du 18 h 47. Il approuva ses pieds de s'être déjà
posés d'eux-mêmes sur le coussin d'en face.

On s'arrête d'abord à Riom. Les flocons s'espaçaient.
De jour, vous apercevez la prison.

Au temps lointain où chaque voyage à Paris lui
paraissait un exploit et entrer au Conservatoire une

espérance démesurée, il avait vu monter ici un prisonnier entre deux gendarmes. Dans la naïveté de sa
jeunesse il s'était imaginé qu'une fois installés les
gendarmes jugeraient les menottes inutiles, mais non.
Soit que ce type eût tué père et mère, soit qu'il fût
tombé sur les deux plus grands sadiques de la profession, il était resté enchaîné jusqu'au terme du trans-
fert, Moulins. Et pas une phrase ne s'était échangée. Ni
mot ni regard, même de gendarme à gendarme.
Hémon ne devait jamais oublier le visage de ce
prisonnier, grisâtre, grêlé, en pierre ponce. Il s'en était
inspiré à diverses reprises pour des personnages sup-
posés exprimer la rage impuissante, la haine à l'état
pur : minérale. On repartit. Lui, au moins, pouvait se
parler.

Il se transférait à sa prison des Hauts-de-Corcelles,
mais il se savait non dangereux. Il se classait au
nombre de ces prisonniers qui coopèrent de grand
cœur à leur détention, parce que ne se voyant vraiment
rien à faire dehors. Dès que le train eut pris sa vitesse il
se retira symboliquement les menottes.

Il n'y a pas de Bas-de-Corcelles, il n'y a même pas (il
semble même n'y avoir jamais eu) de Corcelles tout
court. Chez les Corcelliens particulièrement férus de
dignité, encore que presque tous aient besoin de ce
sentiment de leur dignité, il a vite été érigé en dogme
que les Hauts occupent un antique lieudit Corcelles
(tellement antique que le cadastre n'en porte plus
trace), lui-même baptisé Corcelles en souvenir du tout
premier défricheur de ce mamelon, un vague sire de

Corcelles, sire voire chevalier, mais Hémon se fiche de la dignité, il s'est voulu une résidence pratique.

Un divorcé se doit de repartir sur de nouvelles bases, tel était son credo de l'époque. Il souhaitait une chose à la fois pratique pour un néo-célibataire et tranchant au maximum sur ce qu'il avait connu jusqu'alors comme cadre et style de vie. Son cadre précédent était pour moitié la plaine Monceau, pour moitié le Loir-et-Cher, avec les deux styles y afférents : grand bourgeois avenue Ruysdaël, acteur comblé près de Vendôme. Avenue Ruysdaël il louait 350 m^2 très froids, compassés. Il avait donné congé sans regret, s'étant toujours embêté sous ces lambris. Au contraire il ne voyait qu'agréments à sa maison du Vendômois. Il lui reconnaissait tous les charmes. Rien que d'y arriver le mettait en joie. Il l'avait achetée sur un coup de cœur, puis aimée avec calme et réflexion. C'était un petit château très peu château, très chaud. Il l'avait laissé à sa femme.

Le divorce l'effarait, il ne l'avait pas vu venir. Mais vivre provisoirement à l'hôtel ne lui semblait pas le comble du malheur. Vivre seul et libre et déchargé de tout souci dans un hôtel agréable était même en lui comme une aspiration inassouvie, un fantasme rose. Il avait essayé les deux ou trois que la rumeur garantit comme les plus agréables, et ils l'étaient. C'est le divorce qui ne passait pas.

On l'aurait pilé qu'on ne lui eût pas tiré un mot contre sa femme, elle avait toutes les qualités plus une. Il ne comprenait pas ce divorce : lui, de son côté, ne se trouvait pas épouvantable. A ce point de célébrité tellement sont pires. Pour être précis il s'estimait plutôt moins obsédé sexuel que la plupart. Non seulement sa réputation de tombeur relevait largement du mythe, mais il se sentait toujours, quoi qu'il arrive, pétri de tendresse pour femme et enfants. C'est pourquoi sans aller jusqu'à crier à une injustice noire, il ne démordait pas d'avoir été pris en traître.

Agressé.

Agressé, qui plus est, comme il atteignait — allait atteindre — à un accomplissement en tant qu'acteur que certains pressentaient déjà, et non des moindres. Il connaissait un peu Newman, rencontré à Cannes. « Après mourir du sida, avait déclaré Newman au lendemain de Cannes, ce que je crains le plus au monde serait d'avoir à crever de jalousie devant un acteur non américain. Je n'en vois pas tellement, mais Hémon est du lot. » Et Newman lui assurait que Redford en disait tout autant en privé. Aussi bien l'image qui lui paraît encore aujourd'hui la plus approchante reste celle d'un avant-centre abattu alors qu'il filait vers les buts. Il reste cet attaquant fauché par-derrière.

Passe Gannat, où le 18 h 47 ne s'arrête quand même pas, mais il ralentit. Il ne neige plus.

Il y avait aussi que plus un hôtel se révélait agréable, moins il était tenté d'en sortir et plus il forçait sur le whisky. Au bout d'un temps il lui arrivait de s'éveiller plusieurs fois par nuit en proie à la sensation d'un lit transformé en hamac, la chambre en cabine de voilier sur grosse mer, mais les journées étaient encore calmes. Les vertiges proprement dits, ses « petites morts » diurnes, ne s'étaient déclarés qu'à son troisième hôtel, d'ailleurs parfait, et peut-être ne seraient-ils jamais devenus de pareilles horreurs sans Alexandra Leonard. Sis dans une voie privée où s'entêtent à fleurir outre la vivace glycine trois acacias maigrelets, l'hôtel en question attire pas mal d'Américaines entre deux âges et suffisamment aux as pour courir l'Europe à leur fantaisie, hors *tours*. Alexandra Leonard était l'une d'elles, à ceci près que toute jeune et vivant de son métier : attachée de presse. Hémon l'avait décrétée « éclatante » la première fois qu'ils s'étaient croisés dans un couloir, et « renversante » la seconde. Encore ne faisait-il que présumer la réalité, car elle s'habillait à faire peur. Elle accumulait (superposait) toutes sortes de hardes dernier cri, si bien que mis peu après en mesure de vraiment juger il n'avait pu que stigmatiser le côté sommaire et mesquin de ses impressions de départ. Découvrant la jeune anatomie de l'inconnue, ses cuisses allongées, son épine dorsale, sa démarche balancée, il s'était même demandé si son corps à lui, son corps d'homme mûr, ne risquait pas de se briser en cherchant à pourvoir aux plaisirs d'un tel miracle de la nature.

Or il s'en faisait pour rien. Si miracle il y avait, c'était qu'Alexandra Leonard fût encore ce qu'elle était, tant elle buvait. Elle pintait deux fois plus que lui. Le miracle se bornait à une relative mansuétude de la nature pour certaines de ses créatures trop tôt parties à la dérive, car elle se droguait aussi. Lui, non. Refus catégorique, véhément, de toute came. Mais que d'empoignades sur la question éthérée du bourbon (elle) ou du scotch (lui) : le meilleur dans l'absolu ? Que d'assauts ! Sauf au lit, où pourvoir à ses plaisirs ne requérait du reste rien d'extravagant, Alexandra ne s'avouait jamais battue. Elle en arrivait au dernier stade de cette maladie professionnelle qu'est le prosélytisme chez les attachées de presse. Bouteille après bouteille le Four Roses enfonçait le Glenfiddich, mais elle exigeait une reddition sans condition et ils allaient en effet tout droit à un combat au dernier vivant si elle ne s'était parfois souvenue de Van Horne et Zack.

Elle était l'attachée de presse de Van Horne et Zack, non de Four Roses.

Van Horne et Zack vendaient du bonheur et attaquaient l'Europe par l'Ouest parisien. Ce bonheur était des villages. Ils les livraient clés en main, « prêts à vivre », chacun avec sa piscine, ses tennis, son *club house*, voire son église. Connus dès l'origine (Pittsburgh, dans les années cinquante) pour flairer avant tout le monde des besoins socioculturels encore à venir, à la fois leur flair et de solides enquêtes préalables les portaient à construire chez nous exactement ce qu'ils construisaient à Pittsburgh dans les années cinquante.

De toutes leurs enquêtes ressortaient notre faible, le besoin de dignité, et son corollaire, le goût de l'ancien. Ils se recopiaient donc sans vergogne, puis ajoutaient de la patine. Ils brunissaient les mortiers, ocraient les plâtres, verdissaient les toits, mais proprement. Une patine propre. Ils jouaient le charme. Leurs dépliants publicitaires donnaient les surfaces en acres : vous aviez tant d'acres de pelouse. Ils vous jouaient une Amérique à visage encore humain, en gros celle d'Eisenhower, le confort en plus, mais un confort hardiment d'aujourd'hui : Hémon avait eu droit à un jacuzzi. Le confort ne se discutait pas, on allait de surprise en surprise dans sa propre maison. Pour ne parler que des parties communes, c'est très facilement que la piscine pouvait devenir patinoire. On votait le premier samedi de décembre soit pour une patinoire, soit pour garder la piscine chauffée. Quant à l'église, d'un pur style congrégationnaliste 1955, elle faisait un peu nigaud, mais s'acceptait. On s'attendait à en voir sortir un beau dimanche Ike et Mamie saluant avec ardeur.

Outre le jacuzzi, Hémon s'était vu offrir la gamme complète des très onéreux « aménagements optionnels » (jusqu'à une robinetterie dorée, qu'il ne souhaitait pas) sur simple promesse d'informer les médias, via Alexandra Leonard, qu'il venait de faire le meilleur achat de sa vie. Malheureusement, il le pensait !

Pour autant qu'on sache, Van Horne et Zack n'ont pas poussé plus loin en Europe que les Hauts-de-Corcelles. Ils semblent s'être rembarqués juste après, mais quel beau raid !

Hémon se le décrit ainsi : s'emparer d'une crête, y attirer l'ennemi, l'y emmurer.

IX

A Vichy, il fut envahi. Non rebutées par le 18 h 47, montèrent et atterrirent chez lui pas moins de trois personnes. D'une part une dame, d'autre part un jeune couple, mais manifestement ensemble et parlant fort. Comme les compartiments vides ne manquaient pas, il se dit « fuyons ! »

Il était déjà debout quand ressortit de la conversation que seule la dame partait ; et aussitôt les deux autres se jetèrent sur elle pour de longues embrassades. Lui, de ce fait, bloqué.

Il ne prisa guère le sous-entendu que l'homme glissa dans son « bon voyage, ma tante ! » (bon voyage en si bonne, agréable, illustre compagnie : vous n'allez pas vous embêter !), mais il se rassit, par convenance.

Il n'était pas odieux par principe. Il gardait même comme un fond de timidité devant certaines dames.

Rassis, il considéra le quai, puis décortiqua le kiosque à journaux, et enfin on roula.

Après des entrepôts sur lesquels se remarque encore la vieille appellation « Vichy-Etat », viennent des maisons basses, un passage à niveau. Les réverbères brillaient net, sans halo. La chaussée semblait sèche : n'avaient-ils donc pas eu de neige par ici ?

Colette Stern le trouvait plus beau qu'elle n'imaginait. Elle ne connaissait que deux ou trois de ses films et ils lui laissaient le souvenir d'un charme un peu mièvre, passe-partout. Donc elle l'avait rapetissé. Elle lui rendit un bon mètre quatre-vingts, revenant aussi beaucoup sur la présomption de mièvrerie.

Il avait simplement des traits trop réguliers. Elle lui mit un nez cassé, sans pouvoir bien décider s'il y gagnait ou pas. Mais elle ne déniait déjà plus à ce visage tel quel, sans défaut, assez de caractère. Une certaine force. Elle n'attendait que de voir les yeux, puisqu'il boudait.

Cet idiot s'obstinant à fixer la nuit, elle se dit qu'elle valait bien la nuit. Au reste elle n'avait pas le culte des acteurs. Elle en avait rencontré de toutes sortes et dans le monde entier, généralement bien déçue. Alors zut, elle tira Isherwood de son sac.

Il ne lui restait que six pages avant de ranger Isherwood parmi les grands, ou le laisser chez les moyens.

C'était encore George qui parlait, et toujours à son cher Kenny : « Oui, disait-il, je suis un vieux satyre. Si vous tenez absolument à employer ce vocabulaire, quatre-vingt-dix-neuf pour cent de tous les vieux sont des satyres. »

Elle en rit toute seule. Bien que loin de se prendre

pour une vieille satyresse, elle ne vit plus qu'à bouger pour faire bouger Hémon.

Il bougea. Ses yeux étaient noirs, plutôt beaux, mais perplexes : n'avait-il donc pas neigé, par ici ?

— Quelques flocons, dit-elle. Rien.

— Vous avez de la chance. A Clermont tout est blanc.

— Vraiment ?

— Vraiment.

Et il s'avisa d'une chose grossière au possible : il était dans le sens de la marche, quand ç'aurait dû être la dame. Elle lui assura qu'elle se sentait tout aussi bien dans le sens contraire à la marche, mais il s'appelait Hémon : pas question de lui résister, encore moins quand il faisait l'aimable. Ils changèrent.

Ils se sourirent.

Hémon ne se dit pas qu'il était en train de faire l'aimable, cela lui paraissait pour une fois tout naturel — en quelque sorte indépendant de sa volonté.

Colette Stern reprit Isherwood au moment où le vieux George entend Kenny chuchoter : « Dépêche-toi, mec ! »

Hémon se pencha et dit : « Ah ! tiens, Isherwood...

— Oui. Pourquoi ?

— C'est bien ?

— Pas mal. Voyez : j'ai presque fini.

— Il est mort, n'est-ce pas ?

— Oui. En 86.

— Je suis honteux, je n'ai rien lu de lui.

— Vous devriez ! » dit-elle, et un soupçon déplaisant traversa Hémon : qu'elle fût prof.

Il ne la situait pas en dessous de professeur d'Université, mais cela l'aurait encore chiffonné d'apprendre qu'elle l'était. Dès ces premières minutes il la plaçait très très haut. Plus il la regardait lire, moins il se comprenait de ne pas s'être dit d'emblée « voilà quelqu'un ! ».

Autant qu'il en fallût pour l'impressionner, elle lui faisait plus que forte impression, elle le bluffait. Il se reconnut bluffé. Elle voulait bien sourire parfois, mais ce n'était jamais gagné pour Isherwood, il passait au tribunal. Quand elle réprouvait, elle réprouvait ! Et Hémon pensait : « Quelle merveille, on peut rester comme ça ! » Car il lui donnait cinquante ans, en tout cas guère moins.

Ce n'était plus seulement « voilà quelqu'un », c'était « voilà une nature ! ».

Sur ces entrefaites tout vibra, ils entraient sous un tunnel.

Hémon sortit de ce tunnel en se moquant un peu de lui, et de la dame par la même occasion. Elle était de celles dont on a tout lieu de croire que la beauté vous eût naguère époustouflé, mais sans obligation de conclure que vous vous les feriez bien encore.

C'est lui qui s'emballait.

67

Elle referma le livre et rêva sur la couverture. Hémon avait une grande mémoire visuelle. Cette jaquette juste entr'aperçue, il pouvait se la décrire. Il revoyait au premier plan un fauteuil métallique de la même couleur que le pull de la dame, blanc cassé, et, très loin, à peine indiqué, simple liséré, la mer ; sur l'un des accoudoirs du fauteuil une serviette éponge rose, ou violine.

Après un temps suffisant de rêverie, le délai jugé décent, il s'enquit du verdict réservé à Isherwood, mettant dans *verdict* une bonne dose d'humour, comme si la dame pouvait savoir qu'il l'avait comparée à tout un tribunal. Or la réponse sonna bien en effet à la façon d'un prononcé (« Quelques outrances, mais c'est quand même un assez grand écrivain »), et Hémon crut le moment venu de se jeter à l'eau. Sous cette forme : « Si j'étais un écrivain, qu'est-ce que j'aimerais entendre cela de la bouche d'une femme comme vous ! »

Elle ferma les yeux avec l'air de quelqu'un qui dirait bien quelque chose, puis trouve mieux de se taire. Elle ne demanda pas ce qu'il mettait sous les mots « une femme comme vous » ; et s'il avait calculé de lui extorquer par juxtaposition, analogie, association d'idées, qu'elle le tenait pour un « quand même assez grand comédien », ce fut raté, elle se tourna vers la vitre et regarda la nuit.

Hémon prit un œil non pas méchant, mais plus critique.

Elle était bouclée. Ses cheveux étaient gris et néanmoins bouclés. Des boucles serrées. Drues. Et grises.

Le visage, comme déjà dit, restait beau. Inspecté maintenant de profil, il se confirmait encore très agréable, peu suspect de *liftings* répétés. Hémon lui imposa l'épreuve d'ordinaire si cruelle qui consiste à se représenter ce que l'âge lui avait fait perdre. Il la supporta. Mais enfin il s'agissait d'une personne frôlant la cinquantaine, et le temps coulait, et Hémon n'aimait pas trop non plus qu'on lui préfère la nuit.

Colette Stern estimait que ce n'était plus à elle de bouger : même des stars peuvent bien vous faire un frais.

Son cher Stern avait la manie des paris, il pariait sur tout et sur n'importe quoi. Elle paria qu'Hémon bougerait dans les deux minutes.

Le prétexte fut quelques journaux et revues oubliés près de lui quand il l'avait forcée à changer de place.

— Je ne suis pas sûr, dit-il d'un ton délibérément familier, copain, que vous n'allez pas regretter votre « assez grand écrivain », mais voilà toujours de quoi vous désennuyer.

— Oh! fit-elle, j'ai toutes les craintes : qu'ont-ils bien pu m'acheter ?

Elle traduisit : ses neveux. Les jeunes gens qu'il avait vus avec elle. « Effectivement, soupira-t-il, on doute que le choix soit de vous. » Il visait la publication du dessus, connue pour une horreur.

La visant, il la vit. Il vit son nom. Il lut HÉMON en bleu à l'extrémité du gros titre, puis CALVAIRE, en rouge. De moindre dimension, les mots intercalaires étaient en noir. « Vous permettez ? demanda-t-il. — Mais bien sûr, dit la dame. Faites donc ! » Un acquiescement enjoué : elle avait dû lire aussi.

On lisait, il était donné à lire : « Le CALVAIRE de Francis HÉMON ». Il y a des jours comme ça.

Hémon, c'est le total de sa journée qui le sciait. Pour mémoire : ses deux exploits du matin, Julia plus Failleton ; s'être endormi au chevet de sa mère ; avoir raté l'avion ; puis tomber là-dessus. Et quoi, après ?

Deux photos venaient à l'appui de CALVAIRE. Il les identifia immédiatement comme les pires d'une série sur laquelle il avait prié son agent de mettre l'embargo. Il les croyait détruites. Elles avaient été prises quatre ans plus tôt, alors qu'il relevait d'une hépatite virale. Il s'imaginait suffisamment remis, elles l'avaient épouvanté. Eh bien ce n'était pas assez pour ce torchon de se les être procurées, ces enfants de salauds les avaient trafiquées ! Il faisait plus que grand malade, il faisait cent ans.

Il fallait bien : il se mourait.

Un mal implacable le rongeait, tel était son CALVAIRE. (Ils n'écrivaient pas cancer, c'est vous qui l'entendiez, mais des malveillants pouvaient entendre sida.) Ainsi s'expliquait qu'il eût disparu des écrans. Ses innombrables admirateurs — « au fond, nous tous » — se demandaient pourquoi : voilà pourquoi !

Mais il luttait.

Il luttait et souffrait, tragiquement seul : sa femme l'avait quitté. Il se terrait en grande banlieue, « dans une espèce de bungalow battu par les vents : son nid d'aigle. D'aigle blessé au plus profond ! ». Ce qui lui restait d'amour, il le réservait à ses enfants, un garçon et une fille.

— Madame, dit-il, je vous le rends. Lisez et compatissez !

Alors seulement et comme s'il n'allait pas de soi qu'elle ferait le lien, il se présenta : « Hémon. »

La dame s'en tint strictement à la réciproque : « Stern », dit-elle.

X

Elle lut sans montrer de compassion, ni d'ailleurs de quoi que ce soit. Elle lisait froidement. On était loin du visage de tout à l'heure, quand elle souriait à son livre. Pourtant, ayant lu, elle relut. Hémon le sut du fait qu'il n'avait pas quitté le mouvement de ses yeux, et cette relecture lui sembla longue. Déjà quelques lumières annonçaient Saint-Germain-des-Fossés.

De toutes les gares de la ligne, c'est la seule un peu à redouter pour votre tranquillité en première classe : elle assure la correspondance sur Paris à quantité de tortillards venant de Feurs, de Montbrison, de Roanne.

« Bien ! » dit Colette Stern en repoussant le journal avec un vague retour d'expression, mais elle attendit l'arrêt complet avant de poursuivre : « J'espère que nous n'allons pas être envahis.

— Espérons », dit-il.

Ils n'eurent personne.
— Deux enfants ?
— Exact.

— Quel âge ?

— Le garçon treize ans et demi, la fille bientôt seize.

— Eh bien, vous vous étiez marié jeune !

— Tout jeune.

Comme si ce mauvais train avait à cœur de se confirmer mauvais en tout, voilà que la lumière s'éteignait à chaque secousse sur un aiguillage.

— Est-ce qu'ils vont nous faire papilloter longtemps ? demanda Colette Stern. Et votre femme vous a quitté ?

— Il faut croire : c'est écrit.

— Récemment ?

— Peu importe, dit Hémon, et il tendit ses mains devant lui.

Il les regarda un petit moment. D'abord le dos, puis l'intérieur, où Colette Stern eut le temps de remarquer bien plus de cal que de coutume chez les artistes.

— Oui, peu importe ! décida-t-il, très sombre. Naturellement ils s'arrangent pour glisser des parcelles de vérité, quelques molécules, mais elles ne doivent pas nous détourner du seul grand problème, à savoir... (Il sourit soudain avec force. « En force », se dit Colette Stern, et elle n'aima qu'à moitié.)... à savoir que je ne serai bientôt plus de ce monde. C'est quand même angoissant ! Ma chère Madame, vous ne me paraissez pas assez angoissée.

— Mais, mon cher Monsieur, à qui la faute ? Vous avez une mine de... je ne sais pas... de jardinier. De laboureur !

— OK : de bûcheron. (A preuve : de nouveau ses mains.)

— Vous vivez à la campagne ?

— Oui... Ils écrivent « en grande banlieue », mais je pense qu'on peut dire à la campagne.

— Tout s'explique. C'est leur bungalow en plein vent qui me tracassait. A priori je ne voyais pas La Courneuve.

— « Un bungalow battu par les vents » ! corrigea-t-il.

— Oh ! excusez-moi.

— Le texte, chère Madame, le texte !... Tout au plus pourrait-on vous accorder que cette connotation côtes bretonnes sous grande tempête relève plutôt de la licence poétique : je ne suis guère qu'à trente-cinq kilomètres de Paris. Vous connaissez Saint-Nom ?

— Je connais le golf, dit-elle. Ah ! c'est déjà moins sinistre.

— Je me fiche du golf ! trancha Hémon, mais il trouva plaisant, malin, de réciter coup sur coup deux des dépliants consacrés par Van Horne et Zack à la fondation de Corcelles, le premier purement descriptif, le second lyrique.

En conséquence il dut s'expliquer. Il prit moins d'agrément à expliquer pourquoi et comment il avait lui-même donné dans ce panneau, pourquoi surtout il y était resté, mais c'était la conséquence — si peu qu'on aime à raconter sa vie.

Qu'un aussi grand acteur puisse se faire avoir par d'aussi piètres poètes que Van Horne et Zack amusa beaucoup Colette Stern, mais elle se sentait comme une tendresse pour Alexandra Leonard : qu'était devenue cette charmante, avait-elle fini de se détruire ? Hémon n'en savait fichtre rien, il l'avait laissée sur un adieu sec. Elle gagnait au moins en ceci qu'il achetait à

Corcelles, alors suffit. En achetant il monnayait sa liberté. C'était tacite : j'achète, donc adieu. Avec le sentiment de sauver sa peau. N'importe quoi pour échapper aux poisons de la Leonard. « Pour en réchapper ! C'était à ce point, je ne plaisante pas.

— Dommage, conclut Colette Stern. A vous écouter, je commençais à espérer que vous seriez condamné et à votre horrible maison et à cette alcoolo.

— Ah ! voilà une amie ! s'écria-t-il. Je vois que j'ai une amie ! »

Il se leva sur l'élan de son rire. Il riait mieux qu'il ne souriait, mais Colette Stern continuait de ne pas aimer du tout cette façon de s'habiller : en jeans de haut en bas, même la chemise. S'il avait été à elle, elle lui aurait fait la leçon.

— Par rapport à ça, annonça-t-il, j'aurai deux choses à dire.

— Ne dites donc pas « par rapport à ». Ils le disent tous. Ils croient que ça les pose. C'est exaspérant.

Il en convint. Il n'était pas ignare. Il savait très bien que c'était une faute.

— Alors laissez-la aux autres ! Pas vous. C'est juste ce que je voulais dire : pas vous.

Il salua : « Merci, M'dame !... Merci de me mettre à part, je vais essayer de m'appliquer... Donc *à ce propos, au sujet* de, *en relation* avec, *corrélativement* à...

— Ça suffira, dit-elle. Allez-y de vos deux choses.

— Ben j'ai oublié ! » avoua-t-il, ayant d'ailleurs à lutter contre un fort roulis.

Des deux solutions possibles, se rasseoir ou se raccrocher au filet à bagages, il choisit la première. « Et vous, Madame, vous habitez Paris ? Paris même ?

— Oui. Avenue de Tourville.

— Eh bien en effet ! » fit-il avec un enthousiasme pour le moins surprenant. Il rayonnait comme s'il eût découvert tout à coup une très forte relation de cause à effet, un rapport dépassant de loin cette simple évidence que l'avenue de Tourville se trouve, en effet, dans Paris même ; si bien que Colette Stern ne perdit pas tout espoir de l'entendre s'intéresser un peu à elle d'ici à la fin du voyage.

Malheureusement il se souvint.

— D'abord, dit-il, ce n'est pas une horrible maison. Elle n'est pas horrible en soi. Ils n'ont lésiné ni sur le confort ni sur la qualité. A part que je m'y sens plus ou moins en prison, j'en suis très content.

— Tant mieux, dit-elle. Il n'aurait plus manqué que des malfaçons !

Hémon encaissa, puis applaudit : « Ah ! vous êtes terrible... Oui, oui, ne prenez pas vos petits airs ! »

Colette Stern lui mit là-dessus une assez bonne note. Elle le présumait déjà plutôt bon garçon, au fond.

— Deuxièmement ? demanda-t-elle.

Deuxièmement, il ne croyait pas s'être jamais laissé condamner à grand-chose. Son second rectificatif tendait donc à refuser ce mot de « condamné » appliqué par Madame à son cas, mais il marivauda.

A force de le voir uniquement dans des films, on n'en faisait plus qu'un acteur de cinéma ; or il avait commencé à la Comédie-Française, pensionnaire. Quatre ans de Musset, de Marivaux, cela ne s'oublie plus. Et donna ceci (qu'il voulait léger !) :

— Tendait ! J'ai dit « tendait » à refuser. Grammairienne comme elle l'est, Madame n'aura pas pu ne pas remarquer cet imparfait à la limite du conditionnel. Tendait, donc ne tend plus. Tendait au départ, mais ne tend presque plus : tendrait même à ne plus tendre ! Autrement dit : aurait tendu si. Si — mais Madame l'aura déjà compris —, si je n'étais déjà à peu près sûr de me faire encore moucher !

Colette Stern monta encore la note.

Car il se doutait bien que Madame prendrait un malin plaisir à lui objecter cette maison ressentie de son propre aveu comme une prison (« Pensez-vous ! » dit-elle), mais il la prévint que ses sarcasmes risquaient pour une fois de tomber à plat. C'est qu'il ne mettait pas du tout sur un même pied le fait de continuer à vivre dans cette foutue maison par paresse, mollesse, manque de goût momentané pour le changement, et celui de se laisser condamner par exemple, sans même parler de l'infernale Leonard, à une femme. On était parti d'Alexandra Leonard, alors il disait une femme, mais entre autres.

Notamment à une femme.

Déterminer en quoi il serait plus grave de se laisser condamner à une femme qu'à une maison leur prit jusqu'à Moulins, où ils eurent encore la chance de rester bien chez eux.

XI

Après Moulins, et par la faute de Colette Stern, le ton changea. Sur cette faute d'avoir observé tout haut que Francis Hémon lui paraissait finalement un homme « plutôt à problèmes ». C'était tendre un miroir à Narcisse.

Naturellement il commença par nier. Moins « à problèmes » que lui, on pouvait chercher ! Mais il parla de sa mère. Il parla du mouroir. Si vous appelez cela problème, appelez-le problème, il venait de laisser sa mère dans un mouroir. Il en revenait. Il rentrait sur ce haut fait. Il rentrait d'une part effondré, d'autre part révolté.

Il décrivit la forme d'artérite qui s'achève en gangrène, quoi qu'on fasse. Il essaya de dire ce que c'est que de retrouver sa mère une jambe en moins sans que les chirurgiens vous donnent la moindre garantie de sauver l'autre. Il avoua crûment qu'à l'idée de la retrouver demain cul-de-jatte, il lui venait des envies de mordre. Elle n'avait que soixante-trois ans. (Colette Stern reconnut que c'était jeune.) Il n'est que naturel de vivre la mort de la mère comme une injustice, mais s'y mêlait chez lui le sentiment d'un affront. « Je sais, dit Colette Stern, on éprouve cela aussi. — Non, dit-il, attendez. » Il parlait de cet autre affront, bien pire, qu'est la mort avant la mort : voir l'être aimé se défaire sous vos yeux. Il s'en prit à un slogan qui fleurissait au bord des autoroutes : « L'accident n'arrive pas qu'aux autres. » Il le retourna, l'inversa : pourquoi est-ce que *ça*, cette horreur *qui n'arrive pas aux autres*, arrivait à sa mère ? A sa mère à lui ! L'horreur, autant être clair, de s'en aller par morceaux. « Je refuse ! prévint-il. Ça me hante. J'en suis hanté. Je vous prie de m'excuser. — Mais non, je vous comprends. »

Il se dit « Tais-toi donc ! », et c'est ce qu'il aurait fait avec n'importe qui.

Il dévia sur à peine autre chose : sur Failleton, pour illustrer ses envies de mordre. Or la dame connaissait ce Failleton, elle l'avait eu jadis contre elle dans une sombre histoire de gros sous autour, si elle se rappelait, de la source Larbaud.

« Je vois, reprocha Hémon, qu'on me fait des cachotteries : vous êtes de Vichy *aussi* ! — Le moins possible, dit-elle, mais j'y suis née. — Ah ! Larbaud ! soupira-t-il avec cette mimique entendue par laquelle un compagnon de voyage se hâte de mettre au clair que vous ne le prendrez pas de court sur des questions de culture. — Vous aimez Larbaud ? — J'en ai été fou, dit-il. — Et plus maintenant ? — Mais si ! Simplement, on a ses périodes. J'ai eu ma période Larbaud. Il ne me quittait pas. »

Une très sombre histoire, reprit Colette Stern. Un procès si embrouillé qu'aucune des nombreuses parties appelées à comparaître n'aurait juré de son bon droit. Eh bien, grâce à Failleton, c'était devenu limpide. Plus il se dépensait contre vos intérêts, et plus vous étiez sûr de gagner. Il plaidait ça à la trompette, glapissant, ululant. Il trépignait, battait des manches, n'aurait pas fait pire pour sauver une tête. C'était tellement trop que le plus borné des juges ne pouvait que subodorer des tas de choses à cacher, un dossier épouvantable, un client puant. « J'en ai même un peu voulu à mon avocat, se souvint-elle, de n'avoir pas doublé nos prétentions. Le tribunal nous aurait suivis rien que pour punir Failleton. » Originellement demandeur, le client du forcené avait fini défendeur : escroc potentiel, au bas mot un faisan.

Bref, la dame fut ravie d'apprendre la manière dont ce guignol s'était fait river son clou ce midi : « Mais oui, il faut les aplatir ! » Chaque nouvelle variation sur le thème « chez les sauvages » lui tirait des « encore ! ». Hémon n'en revenait pas, lui qui ne s'était pas trouvé très bon. « Parmi un certain nombre de sauvages non déterminés » fit un triomphe, mais c'était la fin de son texte et il se retint quand même d'enchaîner sur l'exécution de Julia au téléphone. Toutefois il confessa qu'il ne devenait pas un tendre ces temps-ci. Il confessa des pulsions agressives pas bien catholiques, des accès, des fureurs, des scènes insensées faites pour un rien à des gens qui n'y étaient pour rien, disons des crises. Il lâcha « crises » un peu comme un ballon d'essai — en réalité très partagé. Il souhaitait et redoutait d'aller plus loin. Il se sentit à la fois heureux et contrarié, soulagé et sur ses gardes, d'entendre la dame lui demander depuis quand les crises.

— Pas mal de temps, dit-il. Des mois.

— Depuis que vous faites l'ours en grande banlieue ?

— Peut-être. Oui, il se peut que ça ait coïncidé.

Ils franchissaient la Loire.

— Votre décision de faire l'ours, c'était contre quelqu'un ?

Il s'en défendit violemment : « Pas du tout ! Contre qui ? » Et se ferma.

En période de hautes eaux la Loire prend des airs de grand fleuve, donnant aussi à Nevers, par le miroitement des lumières, des airs d'assez grande ville.

Vers Cosne-sur-Loire Hémon dit : « Cela ne m'ennuie pas du tout de parler de ma femme. Au contraire ! » Elle s'appelait Marie, il l'appelait Maïe. Décider quoi que ce soit contre Maïe était bien la dernière idée qui pût lui venir.

Il reprit les choses du jour où il l'avait connue. Elle avait dix-sept ans, lui vingt et un. Elle était toute blonde, toute fine, toute frêle. Il mentionna Greuze, mais surtout Reynolds et Gainsborough, car c'était le fond de sa pensée : une gravure anglaise. Une grâce innée, qu'elle ne perdra jamais.

Elle était d'un milieu plus que modeste et pour une fois que ses parents avaient pu l'envoyer au ski elle s'était cassé la cheville. Elle portait un petit plâtre qui ne devait pas toucher terre. Elle s'en débrouillait superbement. Elle ne béquillait pas, elle jouait à la marelle.

Colette Stern trouvait cela joli, sans plus. Elle supposa qu'Hémon aurait envie de porter la demoiselle.

Il l'avait portée, c'était aux Tuileries, d'un banc à un autre banc. Elle riait, mais à mesure qu'il avançait il voyait ses yeux changer d'expression et quand il l'avait reposée ils n'étaient plus que gravité, comme si un engagement venait d'être pris, une déclaration d'être faite.

« C'est charmant », dit Colette Stern en s'en désintéressant déjà un peu. Elle sentait l'acteur parti pour un moment, mais il abrégea. Il passa directement à ce que son Gainsborough lui avait apporté : tout.

Les voilà mariés. On se mariait, c'était la mode. Il finit le Conservatoire, décroche deux premiers prix, entre au Français, croit que c'est arrivé : Maïe lui inculque le sens du relatif. Sous ses airs de gosse (encore aujourd'hui) qui ne vous donnent encore qu'une envie, la protéger, quelle solidité ! L'esprit, dit-il, le plus clair, le plus droit, le plus drôle, le plus décapant. Le plus bénéfique pour l'autre : finis les faux-semblants, adieu les bonnes excuses. Avec elle la vie doit sonner juste, sinon pas la peine. L'argent peut venir, le cinéma, le succès, elle s'habille toujours à Unitoc. Les phrases du genre « C'est la rançon de la gloire » lui paraissent un comble de bêtise : pourquoi se laisser rançonner ? On les attend à la *Mostra*, en fait de Venise ils sont dans les Cévennes, à bicyclette. Elle ne se ruine qu'en livres : pourquoi vivre idiot quand on peut faire autrement ? Larbaud, tenez : « pas ma, *notre* période Larbaud ». Et Joyce donc ! Et Queneau, et Calet ! (Il faut suivre : elle vous tire.) Salinger : longue période Salinger. Et Bove !... « Vous connaissez Emmanuel Bove ? Moi, oui ! » Mais ainsi de tout, bien au-delà des livres. Tellement au-delà ! Serait-ce trop de dire magie ? Non : une magie à elle. Puis quels merveilleux enfants ! Deux malins petits canards tout de suite dans le coup, surtout la fille, mais tous deux futés en diable du seul fait de leur maman. Une maison pleine de rires... « Oh ! je sens que je rends cela très mal, si vous saviez ce que je reste en dessous !

— Il ne me semble pas. On y est ! »

Quoique féministe de principe, Colette Stern n'aimait guère entendre dire trop de bien d'une femme en particulier. D'où, comme au début : « Et elle vous a quitté ? »

Il répondit d'abord non, puis oui, mais ce fut assez long à démêler, et elle pouffa. « Qu'est-ce qui vous amuse ? s'inquiéta-t-il.

— Vos problèmes. Votre absence de problèmes !

— Quand ai-je prétendu que je n'en avais pas ? Ne me faites pas dire ce que je n'ai pas dit : je m'en arrange, c'est tout. Et puis...

— Et puis ?

— Rien. »

— Rien ! répéta-t-il d'une voix franchement montée : comme s'il nous préparait une de ses crises. On a toujours tort de se raconter.

Ils eurent le contrôleur.

— Toujours ! martela Hémon, dès que contrôlé.

Il s'ensuivit une légère bouderie, d'ailleurs de part et d'autre. Ils regardaient filer la nuit chacun pour son compte, et c'est seulement vers Montargis que la conversation reprit, mais sans force.

Elle se mourait, quand Hémon proclama : « J'ai faim ! »

Fontainebleau brilla furtivement.

Hémon se leva, puis se rassit.

Il faut dire qu'il n'avait pas déjeuné. Il le dit, mais cela pouvait encore passer pour une incise. Or l'idée faisait son chemin et il la reprit tout à trac aux premières lueurs de Villeneuve-Saint-Georges : on arrive, dînons ensemble ! Impérieux. Ne cachant pas qu'un refus ruinerait sans retour l'opinion qu'il avait pu prendre de la dame au cours de ces trois heures ; mais c'était mal connaître Colette Stern : son côté, en un sens, toujours partant.

XII

Le lendemain matin, Hémon scie.

Il va être 10 heures, mais il s'est levé tard, et pas vaillant. Il scie « petit bras », comme on dit jouer « petit bras » au tennis.

Peu après il trouve « petit crâne » : le crâne lui éclate.

Il l'a mauvaise d'avoir repiqué à l'alcool, fût-ce pour un soir. Du temps où il buvait, le remède était de reboire. Il a enfilé deux pulls sous sa parka, mais doute fort du résultat. Suerait-il des litres, il sait bien en avoir pour la journée. Et ce hêtre est le pire qu'on lui ait jamais livré. Il paraît sec, il est vert.

Il y a deux manières de faire sécher le bois. L'une consiste à le laisser exposé au soleil et aux pluies d'au moins deux étés et deux hivers, l'autre à le passer tout juste abattu dans des espèces de fours à micro-ondes censés le rendre immédiatement débitable. Censés à tort. Le signe d'un bon séchage est quand il ne reste plus trace de l'aubier. Dans le premier cas l'aubier aura disparu, putréfié puis parti en poudre, tandis que dans le second il se devinera encore et l'intérieur se révélera mou sous la scie, présentant je ne sais quoi de spongieux jusque dans les nœuds.

Si ce n'était que de lui, Hémon rentrerait se faire un café.

Mais ce n'est que de lui, et il branche la machine.

Il lave la tasse de son petit déjeuner, la pose sous le bec verseur, part chercher le sucre et ensuite seulement, en revenant, a un regard torve pour le téléphone.

C'est un appareil de type mural, vert bronze. Toutes les cuisines de Corcelles ont le même.

— Jean-Louis ? Bonjour, c'est Francis. Désolé de t'appeler si tôt, mais je n'y tenais plus. Quelle joie tu m'as faite ! Tu es le meilleur des agents. Oublie tous mes doutes à ce sujet, j'étais aveugle. L'illumination date d'hier. Hier soir en voyant ces photos vieilles de quatre ans, en les découvrant qui plus est dans un journal prestigieux, je me suis dit : ne discutons plus, voilà le plus grand, il est gigantesque ! Tu te rappelles que je te suppliais de les faire disparaître ? Je me trouvais l'air d'un cadavre. Oh ! l'idiot ! Je frémis de penser que n'importe quel autre agent, n'importe quel impresario normal, se serait cru obligé de les détruire. Pour piger que tu pourrais un jour les vendre une fortune en raison même — en fonction directe ! — de leur côté cadavre, il n'y avait que toi. Il n'y a que toi ! Et je suis tranquille, nous ne manquerons pas d'acheteurs. As-tu pensé au Larousse médical ? En t'y prenant bien, tu dois leur caser le reste de la série. Tâte-les et rappelle-moi.

Ensuite le charbonnier de Versailles. Il peut venir reprendre les cinq derniers stères. Il y a hêtre et hêtre.

Serait-il bête au point de se croire seul sur le marché ?
Grosse erreur, qu'on lui démontrera.

Ensuite Julia. Pour lui dire dans un bon mouvement
(car on en a) : « Si tu estimes que j'y suis allé un peu
fort hier matin, sache que moi aussi », mais elle n'est
pas là. « Partie dans la Bretagne », précise sa Portugaise. Hémon se félicite qu'elle ait survécu, mais
d'abord qu'elle ait repris la route : il n'avait que la
première phrase et atténuer beaucoup par la suite
n'entrait pas vraiment dans ses vues.

Il raccroche, puis décroche encore une fois, mais
d'un geste moins vif, non sans réticence. D'ailleurs il
s'arrête à mi-numéro.

Enfin le café, déjà tiède.

A 10 h 10 Hémon traverse sa pelouse sans autre
projet que d'attendre qu'il en soit onze.

Dans certains milieux certaines gens acceptent
encore mal d'être appelées trop tôt. C'est lui qui a dit
onze et voilà pourquoi il s'est ravisé tout à l'heure. En
outre (outre la bienséance), on n'est jamais tellement
pressé de se mettre au pied du mur. Quant à savoir s'il
doit réellement se mettre au pied de ce mur, la
question est déjà tranchée : il ne peut pas ne pas. Il a eu
beau, en sciant, s'affirmer du ton le plus péremptoire
qu'il n'avait rien à faire de cette personne vu le rapport
d'importance de lui à elle, le rapport de force décou-
lant de la notoriété, du poids social, d'une relative aura
autour de lui, sans parler de l'âge, puis appeler à la
rescousse divers autres considérants d'une efficacité
garantie quand il se voit quelqu'un à envoyer faire

foutre, ça n'a pas pris. C'est resté purement théorique.

Sa pelouse avoisine les deux acres. Elle est de beaucoup la plus vaste de Corcelles, et soudain le soleil perce. Hier la neige, ce matin le printemps. Les forsythias (ultime attention de Van Horne et Zack pour le grand acteur : partout ailleurs ils n'ont fait qu'engazonner) sont à la veille de fleurir et les petites boules des kerrias ont notablement pâli en son absence ; mais le crâne lui lance trop pour un alléluia. Il quitte quand même sa parka, puis s'en débarrasse sur la boîte aux lettres en voyant approcher la Subaru 4 × 4 d'Eric Laguillermie.

A part cette Subaru 4 × 4 et de s'appeler en réalité Laguillermie de je ne sais quoi et d'encore autre chose, on cherche un peu que reprocher à Eric. Bien que haut placé pour son âge, déjà quelque chose comme maître des requêtes au Conseil d'Etat, il s'est vite révélé un garçon plutôt pas mal. Buvable. De loin le plus buvable dans le contexte d'ici : bon dernier dans la course à la dignité. Moustachu et l'œil qui frise, il ne joue pas les braves types, ce doit être en grande partie sa nature. Hémon l'aime presque.

Il paraît presque doux à Hémon de s'entendre traiter de lâcheur. « A peine trois jours ! fait-il valoir bénignement. Seule explication : tu me manques », mais alors il avise deux camions au bord de la piscine, et un troisième qui arrive, qui manœuvre. Qu'est-ce que c'est que ce ramdam ?

— Oh ! rien, dit Eric. Encore rien : attends les marteaux-piqueurs ! Hier soir en nettoyant le grand bain on a découvert de drôles de petites choses, style fissures. L'inquiétude monte. Plusieurs — dont moi — commencent à se demander si ce n'a pas été une monumentale connerie de voter pour la patinoire avant d'être absolument sûr que leur truc était bien fiable : le passage prétendu sans risques de l'eau tiède à la glace. L'alternance indolore !

— J'ai voté contre, rappelle Hémon.

— Tu as eu rudement raison, mais sais-tu ce qui me semble condamner d'avance toutes ces velléités de démocratie directe ?

— Non.

— La pression des mômes ! assène Eric. (Il en a cinq, intenables.) Je n'hésite pas à qualifier de terroriste la campagne qu'ils nous ont infligée en faveur de l'option glace. Or devine combien de fois mes petits chéris à moi ont chaussé les patins. Deux !

— Lamentable ! soupire Hémon. Mais les courts paraissent avoir bien tenu.

— Ah ! eux, sans problème. Il suffira de balayer. Tu balaies, tu laves au jet, on joue. Hélas l'usine m'attend. Ma galère, mais suppose que ce soleil tienne jusqu'à samedi...

— Allons plus loin, dit Hémon. Suppose que tes services-volées se mettent tout d'un coup à ressembler à de vrais services-volées...

— Pourquoi pas ? Question de mental. J'ai passé l'hiver à me forger un mental tout neuf. Prépare-toi à souffrir !

Hémon se préparerait plutôt à mettre en vente.

Nom de Dieu, la solution s'appelle partir ! Voilà des mois qu'il tourne autour, mais elle s'impose avec la dernière force quand sous l'écho insistant du « Nom de Dieu » les marteaux-piqueurs y vont, comme annoncé, de leur morceau.

« Forez ! leur lance-t-il. Forez, défoncez, je ne paierai pas », il a voté non à la glace.

Ayant voté non, il ne se voit pas trinquer pour les oui. A eux la facture, il les laissera braire.

N'étant pas idiot, il se fait rire.

Il préfère en rire, mais alors une sombre, virulente, clapotante dérision lui tombe dessus, un océan de dérision d'où seule émerge, îlot lointain et ne laissant pas non plus de paraître légèrement dérisoire, la promesse, malheureusement pas la certitude, la vague promesse de ne plus jamais passer un été comme le dernier.

C'était le premier ici, il ne savait pas. Aujourd'hui il se sait une aversion carabinée aux Corcelliennes.

Aux Corcelliens aussi, simplement il les voit moins.

Presque tous sont de grands commis : Conseil d'Etat (forte colonie), Cour des comptes, Inspection des finances, Quai d'Orsay, cabinets ministériels, etc. Ils triment comme on n'oserait plus faire trimer des bagnards, à ceci près qu'avec eux pas besoin du fouet, ils se le donnent. Tristes (dignes !), mais allègres. Avides de corvées, brûlant de souffrir. Mille fois consentants : vous diriez qu'ils luttent pour la survie. Le matin, c'est à qui filera le plus tôt vers son bagne parisien. Ils sautent dans leurs petites autos pour aller sauter dans de petits trains — les uns à Versailles-Chantier, les autres à Versailles-Rive gauche, suivant l'adresse du bagne. Ils rentrent à point d'heure, morts.

De toute la journée, plus un mâle. Rédigé par eux et gai à proportion, le bulletin local « Vivre à Corcelles » leur attribue un taux de fécondité des plus satisfaisants, 2,7 enfants, sauf qu'ils produisent surtout des filles. Anormalement des filles. « Nous frôlons la bizarrerie génétique », reconnaît Laguillermie. Pour cause, dit-il aussi, de sexualité aberrante, celle de forçats qui auraient campo le dimanche.

De forçats heureusement monogames : tout blasé que peut le devenir un acteur classé « de charme », Hémon ne s'était jamais senti aussi précisément qu'en juillet et août derniers le gros lot d'une kermesse entre dames, le trophée d'un rallye féminin. Fellinien. Gamines comprises : les pires ! Non seulement il fuyait la piscine, mais il évitait de traîner sur sa pelouse.

Sous la parka la boîte déborde.

Lui saute aux yeux, dépassant un peu de la masse parce que glissé en force, un télégramme.

« Stupeur en lisant les gazettes/Ne peux te croire si bas/Mort jamais sûre/Accroche-toi j'arrive/Love/Jean Harlow », tel est le texte de ce télégramme. Tel est son lien au monde : farce et dérision.

Ce qui, d'un autre côté, lui facilite les choses, à tout le moins les précipite. Le monde se permettant ce ton, pourquoi se gêner ? Fort de ça, il attaque l'avenue de Tourville bien avant onze heures :

— Madame, c'est ce crétin d'Hémon. Bonjour. Si vous estimez que j'y suis allé un peu fort cette nuit, sachez que moi aussi !

Mais comme une impression de déjà dit le gêne. Il a un trou.

— Que se passe-t-il ? demande Colette Stern. On ne se tutoie plus ?

XIII

Le tutoiement, trancha-t-il, comptait peu. Très peu en soi et encore moins comparé à ce qu'il s'était permis d'autre. De nos jours quand on se sent bien avec quelqu'un, le « tu » est vite là. (« De *vos* jours », dit la dame, mais il ignora.) N'eût été le reste, la suite, il se fût passé ce « tu » comme mineur. « Et si charmant ! opina la supposée offensée. — Je peux mal juger, dit-il. N'empêche que je n'avais pas à vous tutoyer. — Ah ! tiens ! Pourquoi ? — Parce que ! », et il se tut, sentant l'obstacle. Et tomba un silence comme si quelqu'un avait crié « Silence ! »

— C'est clair ! lança finalement Colette Stern. Je vois.

Il l'en félicita, pour lui cela restait de l'hébreu. Non seulement la raison du « tu », mais toute cette soirée.

— Qu'est-ce qui vous paraît clair ?

— Pas clair : évident ! dit-elle avec une intonation d'institutrice cherchant à aider l'élève. Le fossé des générations.

— Ecoutez !

— Oui.

— Ecoutez ceci !

— Oui.

Elle s'attendait à une envolée, elle n'eut d'abord qu'une protestation moyenne : « Ne commençons pas à compartimenter. A cloisonner. Vous êtes vous, je suis moi, pourquoi dresser des barrières a priori ? »

Puis, moins neutre (dans le même registre, mais avec un peu plus de nerf) : « Il s'est passé quelque chose. Immédiatement : déjà dans le train. De façon inexplicable, et pourtant incontestable. Aussi indiscutable qu'inexplicable. Pour moi. De mon côté. Du vôtre, je ne sais pas... »

Elle le laissa aller.

« Il se peut que nous ne nous revoyions jamais. C'est tout à fait dans les choses possibles. Je suis bien conscient que telle peut être la conséquence. Je le déplore, mais je l'accepte. Je l'accepterai. J'en parle donc très librement. Entendez par là que je mets de côté toute considération d'amour-propre, de gloriole ou autre. J'ai mon orgueil : composer votre numéro n'a pas été facile. Mais je prends mes risques. Si j'ai formé votre numéro, c'est que je les prends, ne croyez-vous pas ?... »

Sans trop d'avis sur la question, elle le laissa encore aller.

« Car, développa-t-il, oublions le reste. Provisoirement. J'y reviendrai. Oubliant le reste, je conçois très bien qu'à un moment de ce que j'appellerai la conversation, à tel ou tel moment de notre entretien encore calme et pondéré, vous vous soyez dit : " Ce type me pompe, il ne parle que de lui. " » Mais cette fois elle rit.

« Non non, assura-t-elle, il y a eu des remarques d'ordre général. »

Hémon en douta.

Il ne connaissait que trop les gens de cinéma. Il les détestait, et lui avec. « Je déteste cette suffisance. Tout ne nous est pas dû !

— Si : aux stars.

— Je ne suis pas une star !... D'une part je n'ai rien d'une star, d'autre part j'ai passé l'âge de... », mais de nouveau elle rit : ah ! non, pas ça ! L'âge n'était-il pas l'exemple même de ces barrières a priori dont il ne voulait pas ? Un peu de logique, quoi !

— Vous êtes très forte ! dit-il. Vous me dominez de la tête et des épaules, seulement n'oubliez pas une chose : je ne prétends pas me justifier, je veux juste m'expliquer. Essayer.

— Garde-t'en bien, dit-elle, tu vas devenir didactique.

Il demanda une seconde.

Pour aller fermer la fenêtre aux marteaux-piqueurs, mais aussi se concentrer.

— L'alcool, dit-il, est clair.

Cela faisait dix-neuf mois qu'il n'y avait plus touché. « Quelle horreur ! » s'exclama Colette Stern, sans préciser si l'horreur était d'être resté si longtemps sans boire ou de s'y être remis, le sevrage ou la rechute. Toutefois elle espérait bien n'avoir pas servi de déclencheur.

Il réfléchit, et ce fut non.

Il ne se défendait certes pas d'avoir voulu faire l'important devant elle. L'intéressant. Mais il mettait d'abord la faute sur le lieu. Le restaurant qu'il avait choisi. Cette cantine, comme elle avait pu voir, pour acteurs — importants, justement : à peu près célèbres. Un club. Le club de l'autosatisfaction ; et depuis le temps qu'il n'y mettait plus les pieds, il était couru que les autres, les fidèles, les fidèlement autosatisfaits, lui feraient sa fête. Froidement, comme on exécute. C'est dans les us.

— Là, dit-elle, je pense que tu noircis un peu. Ils avaient l'air de vraiment t'aimer.

— L'air va de soi, ce sont des pros. Moi aussi. Au cas où le thème vous aurait échappé, je crois pouvoir dire que nous avons présenté une version très convaincante du retour de l'enfant prodigue. Mais je plaide coupable. Ma faute est de m'être mis dans cette partie. Dans ce piège. D'y avoir mis le doigt. Je pouvais me défiler, j'ai joué le jeu. Leur jeu. Tout en découle. Un fils prodigue se doit de fêter son retour. Il doit le fêter autant que les autres. D'un même cœur, sinon il fait faux derche. Il doit boire. Il est dans le rôle qu'il boive. La scène était écrite. Vous aviez d'un côté la famille extasiée, de l'autre je ne dirai même pas, même plus, le fils prodigue, je dirai : un revenant. Un fantôme. Mon propre fantôme ! Ils chargeaient, je chargeais. Ils chargeaient dans l'affection, je chargeais l'aspect fantôme, car vous savez quoi ? J'ai eu sans arrêt l'impression d'une dernière fête à Hémon, et qu'on n'en parle plus. Qu'on ne leur parle plus d'Hémon !

Un temps. Une respiration, puis ce repentir : « Quelle tartine ! Pardon d'être long, c'est que j'en ai gros. »

En d'autres termes et pour faire court, une fête destinée à renvoyer le revenant à sa nuit, le ressuscité à son trou. Il dit une chose qui lui faisait mal, mais qu'il dit : eux, l'avaient déjà enterré.

Comme acteur.

Que répondre ? Colette Stern répondit : « Oh ! la la, c'est la crise. Tu ne vas pas bien ! — Comment irais-je bien, il m'arrive d'être lucide. — Ça se guérit, dit-elle. D'ailleurs qui te fait des reproches ? — Moi ! » cria-t-il.

Il se reprochait il est vrai à crier, à ne plus s'en remettre, sa conduite dans le taxi. Dans le taxi du retour. C'était ce fameux « reste » sur lequel il avait promis de revenir. Il y revint, mais brièvement et de façon assez vague : une conduite « sans nom ».

Comme si la migraine ne suffisait pas, il avait mal aux reins. Une certaine tension lombaire observée dès le début de l'entretien s'était brusquement accrue. Il fléchit les genoux, tortilla du sacrum, sans pouvoir dépasser « comportement répugnant ».

— Oh ! tu parles ! fit Colette Stern, et elle minimisa au possible.

Elle ne revoyait qu'une légère échauffourée, une de ces menues empoignades dont aucune femme moyennement intelligente ne saurait tenir rigueur. Encore moins registre, c'est si fréquent.

« Merci, dit-il, de le prendre bien. » Lui le prenait

tout autrement, mal, et semblait y tenir. Il y tint jusqu'à ce qu'eût fini de processionner devant sa boîte aux lettres, faisant vibrer ses vitres closes, une gigantesque araignée jaune, un engin de levage. Ensuite il murmura, comme hors sujet : « Je veux te voir. »

Colette Stern n'avait rien contre, mais pas aujourd'hui, elle recevait des amis à déjeuner.

« Quand même pas toute la journée ! »

En tirant sur le fil, Hémon pouvait suivre la progression de l'araignée vers la piscine. Simultanément, sa contracture lombaire s'estompait, s'envolait. Ce fut déjà un poids de moins et il ne douta plus de rien : il allait venir pour le café.

Colette Stern en resta confondue.

De bonheur. Révéler à ses invités qu'elle connaissait Francis Hémon — qu'elle le tutoyait ! — était tout ce dont elle rêvait sans oser l'espérer.

— Alors ?

— Alors non, tu penses bien ! Attaque-moi dans des taxis, mais ne va pas me mettre dans des situations pareilles !

Il se replia sur après.

— Après, si tu veux, mais pas trop tôt. Laisse-leur le temps de partir.

Il ne cacha pas sa joie, bien qu'il eût préféré une heure précise.

Elle le jugea assez grand pour voir.

L'étage ?

Cinquième.

Il promit de se freiner.

XIV

Il se tint la bride jusqu'au milieu de l'après-midi, mais l'autoroute se trouva avalée comme rien et ce ne fut pas non plus sa faute si l'on gare sans trop de mal dans ce quartier des Invalides.

Il s'était fait précéder par énormément de roses, quitte à passer pour bien bourgeois.

Ainsi que nombre d'éléments de la nuit dernière, l'immeuble devant lequel il avait laissé Colette Stern lui était sorti de la tête. Il se sentit soulagé — et justifié — de trouver un immeuble cossu, bourgeois.

Au cinquième une Portugaise lui ouvrit, ou Espagnole, de toute manière rappelant beaucoup celle de Julia.

L'entrée confirma « cossu », quoique sans le côté raide. Elle était vaste et de bon ton, mais jolie, un peu désordre. Et voilà la maîtresse des lieux, tout en noir. Il hésita entre poignée de main et baisemain ; or elle l'embrassa comme un parent. Seul petit ennui, tous ses invités n'étaient pas partis. Il lui en restait un.

A peine au salon Hémon fut presque sûr qu'on lui racontait des histoires. Il soupçonna nettement l'invité restant d'avoir été en fait le seul et unique. Il flaira un déjeuner intime. Cela se déduisait d'abord du nombre de tasses, deux, et de la cafetière, vraiment petite, mais ressortait aussi d'autres détails, d'une atmosphère.

Et il ne voyait pas ses roses.

Enfin peu importe, il n'eut bientôt plus d'yeux que pour Colette Stern, avec l'impression de la découvrir.

Il la redécouvrait encore plus jeune, moins vieille, que dans son pourtant tout récent souvenir. Elle avait de longues jambes. Elle était de ces femmes que l'on se définit d'emblée par leurs jambes : quelles jambes ! Malgré quoi il estima particulièrement crâne la robe qu'elle se permettait, en fin jersey et de cette coupe près du corps qui ne pardonne rien. C'était crâne, mais c'était gagné. On pouvait chercher, tout allait.

A ce point, il ne vit plus qu'à s'accuser d'avoir lui-même vieilli son amie : de se l'être vieillie tout à l'heure au téléphone.

La voix ?

Il écouta cette voix, guettant quelque chose qui n'irait pas, mais non, rien. Un beau timbre, ample et souple.

Comme le salon donnait plein ouest et que le soleil de ce matin avait tenu ses promesses, brillait encore, cela faisait presque trop. Pour un peu on se serait mis la main en visière.

Très long, maigre, voûté en conséquence, âgé de soixante ans et plus, l'invité « restant » était la courtoisie faite homme, jusqu'à sembler mielleux. Il se nommait Prédicant, et se recommandait par un ton, en effet, bien prêcheur. On était tout de suite frappé par sa capacité de célébrer un peu tout et n'importe quoi.

Il était l'assez connu Professeur Prédicant-Perdrieau, mais jamais avait-il rêvé (« caressé la chimère », dit-il même !) de rencontrer M. Francis Hémon. Il l'admirait tant, depuis si longtemps. Depuis le Français. Dès qu'il l'avait eu découvert dans, sauf erreur, *La Double Inconstance*, il ne s'était pas privé de crier joie : « Joie, jour de joie, nous tenons enfin un jeune premier, un vrai ! » Et puis voilà, il avait devant lui, mesurez son bonheur, M. Francis Hémon en personne. M. Francis Hémon qui avait fait un tel chemin entre-temps. Dans un si vaste public. Atteint de tels sommets. Conquis tant de gloire. Tant tourné, tant plu. Obtenu deux Césars. « Ou bien trois ? » Tant séduit !

— Trois, avait répondu M. Francis Hémon. Mais vous avez raison : quelles surprises ne nous réserve pas l'existence ! On en reste coi.

C'est qu'au bout de deux minutes il faudrait être un ange pour ne pas traiter ces ravis plus ou moins en demeurés, saurait-on avoir affaire comme ici à un intellect du dessus du panier : un savant, une sommité en cardiologie. Il n'était que de considérer la boutonnière, elle cloquait sous les rosettes. Mais Colette Stern faisait encore mousser le décoré. Avait-il assez contribué à la réputation des entretiens de Bichat ! A leur lustre dans le monde. Moyennant quoi, quelle célébrité mondiale pour lui aussi ! « Ah ! je pense bien ! » approuvait distraitement Hémon, pensant d'abord et surtout que ce monsieur portait à peu près la même flanelle rayée que Failleton hier.

Mains aux genoux, l'air modeste (ou supérieur ?), ce monsieur écoutait réciter son cursus comme il aurait subi l'éloge funèbre d'un autre, et pourquoi donc fallut-il que Colette Stern le branchât sur l'artérite gangreneuse de Mme Hémon mère ?

« Grandraymond. Notre nom est Grandraymond », corrigea Hémon, non moins agacé que devant Patapouf au mouroir et craignant une leçon par-dessus le marché ; mais il y coupa.

Où il put même apprécier la différence avec les Patapoufs de la base, c'est qu'Ambroise Prédicant expédia le sujet en trois phrases. Et deux mots : « Aucun espoir. »

Colette Stern tutoyait Prédicant, l'appelait Ambroise, mais lui, qui la tutoyait aussi, ne l'appelait jamais Colette. Ils étaient dans deux sièges proches, et parfois se tenaient la main. Hémon n'aimait pas, bien que se gardant encore d'en tirer des conclusions. A vrai dire, cela avait plutôt l'air d'une grande, vieille, totale amitié. Eh bien, il n'aimait pas non plus !

Toute sincère qu'avait pu lui paraître la surprise

manifestée à sa vue par le « restant », il commençait aussi à douter très fort que Colette Stern n'eût pas raconté à son cher Ambroise le 18 h 47 — et ses suites. Enfin l'intriguait de plus en plus la façon dont à chaque fois que logiquement il aurait dû dire « Colette », le vieillard biaisait, recourant à des périphrases du style « notre amie », ou « cette dame-là », voire « celle-là ». Autrement, s'il choisissait de l'interpeller, c'était « Colette Stern ! », mais de préférence « Stern ! » tout court, et à deux ou trois reprises « Coste ! ». Ainsi, quand il se leva : « Ma chère Coste, c'est toujours un arrachement de te quitter... » Bon vent ! pensa Hémon, et s'il demanda « Pourquoi Coste ? », ce fut plutôt par civilité, attention aimable, croyant n'en avoir pas pour longtemps.

— Ah ! devinez ! fit Prédicant, mais sans rien de vif, avec au contraire cette expression douce et triste qui peut vous venir lorsque la conversation a éveillé fortuitement de trop pénibles souvenirs. Réfléchissez, c'est tout simple.

— Sûrement pas pour moi, j'ai toujours été nul à ce jeu.

— Eh bien voilà, dit Prédicant. Vous avez Colette, vous avez Stern, vous prenez la première syllabe des deux, vous avez Coste.

— Ingénieux, marmonna Hémon, pour s'éviter « Cucul ! »

— C'est Stern qui avait forgé ce Coste. Il détestait les prénoms. Il prétendait qu'un prénom vous rabaisse. Il en avait horreur. Une horreur maladive. On n'a jamais compris. Quel homme imprévisible! Nous le comprenions d'autant moins que son prénom à lui était...

— Chut! dit Colette Stern.

Hémon supposa qu'on lui parlait de l'époux. Défunt, puisque mis à l'imparfait. Il n'en savait décidément pas lourd sur l'inconnue du 18 h 47! C'est par pure intuition qu'il se l'était décrite libre et indépendante.

En réalité, expliquait-elle à présent, « Coste » n'avait fait qu'un temps, Stern ne démordant pas de « Stern », y revenant d'instinct. Il l'avait appelée « Stern » dès avant leur mariage. Elle aussi. Elle ne l'appelait que « Stern » *et* lui l'appelait « Stern ». Ce « et » sonna comme un « donc », fit très explication de texte. Hémon eut le sentiment de tomber en pleine explication d'un texte dont la substance lui échappait. Sentiment encore accru par l'évocation de cette phrase que les Stern employaient paraît-il indifféremment, tantôt lui, tantôt elle : « Stern ordonne à Stern de lui montrer plus d'amour! » Néanmoins c'est là qu'il finit de réaliser que cette femme avait un passé.

Quant à Prédicant, voilà qu'il se traitait d'hérétique pour les quelques « Colette Stern » qu'il lui arrivait encore de s'autoriser. Il se repentit comme à confesse de transgresser le commandement anti-prénom.

« Je suis chez des fous », songea Hémon.

On en était là, lui bel et bien rendu à pareille conclusion, quand Stern (la veuve Stern) laissa partir le Professeur sans le raccompagner, ni même l'embrasser. Mais alors c'est l'acteur qui fut content, lui qui avait eu un baiser en arrivant !

Pas plus tôt Prédicant envolé (ce gêneur de Prédicant : en tout cas cela prit ce sens), Colette Stern, s'il était encore permis de se la désigner ainsi, vint à Hémon.

Elle lui posa une main sur l'épaule, puis dans les cheveux, et elle l'ébouriffa.

Hémon attendit. Ce tombeur avait quinze ans.

— Que c'est bien ! dit-elle. Comme c'est bien que tu te sois cru obligé de décrocher ton téléphone ! De « former », de « composer » (elle le citait, le singeait dans tout son embarras de ce matin) mon numéro.

— Obligé est un grand mot, dit-il. Rien ne m'y obligeait, mais je mourais de honte. Sincèrement !

— Ne te vante pas, dit-elle, je suis sûre que tu pouvais survivre. Il te suffisait de tirer un trait. Pour être franche, je te voyais plutôt laisser filer. Demain, je t'aurais porté disparu. Tout en le regrettant, d'ailleurs. Parce que je t'aurais quand même un peu regretté. Un petit peu, je pense.

A ces mots Hémon saisit l'autre main de « Stern » et promit, comme s'il y allait de leurs deux vies : « Je ne vous appellerai jamais Coste !

— J'espère bien ! dit-elle. En tout cas, pas Colette. Surtout pas, veilles-y ! »

Il lui baisa les doigts, ce qui valait signature. Puis la paume, mais elle ne le tint pas encore pour quitte. Autre chose l'inquiétait.

— Quoi donc ?

— Le tu et le vous. Choisis ! C'est gênant, tu as l'air de bégayer.

— Tu ! dit-il.

— Bravo. Et merci pour tes roses.

— C'est vrai, où sont-elles ?

— Dans ma chambre.

— Je peux voir ?

— Non.

— Je m'en fiche, ce salon me plaît beaucoup. L'entrée aussi. J'aime ! C'est tout ce que j'aime.

— Tu es trop indulgent, dit-elle, moi je n'aime plus. J'ai aimé, je n'aime plus... Bon, qu'est-ce qu'on fait maintenant ?

XV

Ils firent ce qu'il est coutume de faire quand on ne se connaît que de la veille, ils allèrent au cinéma. Mais joua aussi un argument de proximité. Ils étaient à dix minutes à pied d'un vieux studio qui donne de vieux films et d'où l'on sort souvent heureux, voyant la vie sous de meilleures couleurs par l'effet, c'est bizarre, du noir et blanc.

Ils y allèrent sans se presser, en flânant. Ce premier vrai soleil de l'année laissait derrière lui une vraie douceur. On se serait cru fin avril, début mai. Le bûcheron desserra la cravate que bêtement il avait cru devoir mettre, puisqu'il envoyait des roses.

Avenue de Breteuil ils remarquèrent sur un arbuste du terre-plein déjà quelques fleurettes blanches. « Ce que Paris est en avance ! » dit Hémon en déboutonnant son col ; et il développa comme une nouveauté, comme une idée à lui, l'idée que les cheminées de Paris, les autos de Paris, la pollution de Paris tiennent Paris pratiquement sous cloche. Dans un cocon, et vous avez ce microclimat tiède.

Tiède et humide. L'idéal !

On brille comme on peut. Cependant Colette Stern ne trouva pas cela si sot : guère une découverte, mais prouvant au moins de l'intérêt pour la végétation, pour les plantes. Elle était déjà sur l'herbe, curieuse d'identifier l'arbuste. En trois secondes elle put annoncer une variété de la famille spirée, la charmante *spirea arguta*.

Elle s'avoua folle de tout ce qui est plante.

Il n'y avait pas foule, c'était un film indien.

— On dirait Hyderabad, observa Colette Stern aux premières images, à savoir un lent travelling sur des rues grouillantes, une place, un Hilton, puis un garage à bicyclettes, un terrain vague, des vaches, puis un palais.

— Si tu le dis !

— Eh non, idiote, c'est Madras... Mais bien sûr que c'est Madras.

— Ah ! mais je te crois ! fit-il en riant et en lui prenant, suite logique, la main.

Elle dit « Ne commence pas ! », n'oubliant qu'une chose, lui retirer sa main.

La lui eût-elle reprise qu'il aurait pensé « Attendons, il n'y a pas le feu, on verra. » Il avait la patience retorse des vieux soldats. Il se flattait d'être un assaillant rarement repoussé, rompu au combat de près. Et s'il souhaitait toujours se faire cette quasi-quinquagénaire, si tel restait son souhait en dépit de ce que se mêlaient déjà de lui représenter à la fois son bon sens et son sens de l'humour, ce n'était quand même plus comme la nuit dernière. La nuit dernière dans le taxi, mais en réalité bien avant le taxi, il avait l'alcool pour lui seriner « il te la faut, il te la faut, ne va pas nous la laisser passer » ! C'était la rabâcheuse ardeur éthyli-

108

que, celle qui vous rabâche aussi d'y aller à la hussarde. Seulement le hussard en avait rabattu. Qu'il se la fasse ou pas, qu'il la laisse passer ou la cueille, il savait très bien que le monde n'en serait pas changé. Ni sa vie. Il en raisonnait sainement, d'ailleurs pas du tout opposé à ce qu'un jour une femme, une jeune femme, se montre en effet capable de changer un peu sa vie. Son marasme. Mais l' « ardeur » qu'il gardait aujourd'hui, il la diagnostiquait bien plus de tête que d'autre chose. Telle était la tonalité d'aujourd'hui, une « ardeur » normale de fin d'après-midi, normalement tendre, légèrement détachée ; et cette main, il aurait sans doute mieux pris (trouvé en un sens moins gênant) qu'on la lui retire plutôt que de la lui laisser ainsi : inerte.

Sans réponse, quelque pression qu'il exerce.
Inintelligente.
Enfin, ça le sortait toujours de Corcelles.

Mortel s'annonçait ce film indien, mortel il s'avérait. Il ne démarrait pas, avec cet autre très grand défaut pour ici, on peut dire rédhibitoire en ces lieux, d'être récent : en couleurs. Si bien qu'après peu :
— Tu supportes ?
— Mal, soupira-t-elle.
— On s'en va ?
— Non.

Alors Hémon ne se vit pas garder dans sa main jusqu'au générique de fin ce semblant de main, cette prothèse. Il en fit symboliquement un paquet qu'il posa agressivement, sans douceur, sur la longue cuisse de la dame.

A qui la restitution ne parut causer ni chaud ni froid. Elle n'en avait toujours que pour l'écran, bien que l'action eût encore faibli, si possible. Les images étaient banales, plates, laides ; chaque plan puait l'amateurisme, et elle supportait ; peut-être « mal », mais combien placide ! A un moment, il la soupçonna même de pire : de lire les sous-titres.

Quand même pas : les images lui suffisaient. Elle y voyait Madras, et Stern sous Madras. Comme très souvent, son phénomène de mari lui servait de chasse-ennui.

Stern n'était jamais chaud pour des tournées aux Indes, sachant qu'il n'aurait pas les Indiens. Et si les Européens semblaient à peu près acquis, il fallait compter aussi, comme hélas n'importe où dans le monde, avec la réticence des Américains : la morale, leur morale. Leur atavisme religieux. Dès qu'en poste à l'étranger, le moindre de leurs sous-fifres se croit en charge d'édifier l'indigène par le spectacle d'une âme blanche et pure. Ils flairent le Démon partout, en tout cas en tout voyageur. Vous avez connu des gens charmants à Washington, loin de Washington vous retrouvez des quakers. « Une forme de quakérisme à rapprocher des grandes maladies tropicales : là où nous attrapons le paludisme, eux chopent l'angélisme, non moins pernicieux », ricanait Stern, homme sans morale aucune et tenant par-dessus tout à ce que ça se sache.

Devoir se rendre à Madras ou Calcutta pour ces pisse-vertu et une poignée d'autres Occidentaux présumés presque aussi tarés, il fulminait. Pourquoi pas Yannaon ? tonnait-il. A tant faire que de le vouer au porte-à-porte, pourquoi pas, en effet, nos anciens comptoirs ? Et les ex-portugais ! Que diraient les ex-portugais de n'être pas visités ? Soyons bons : les ex-portugais aussi. Goa ! A lui toute la côte malabar, d'un hameau à l'autre !

Il aimait fulminer, et la contrée l'inspirait. D'ailleurs à bon droit, car avec tous les récitals qu'il donnait chaque année de Londres à Tel-Aviv, du Caire à Rome, de Berlin à Vancouver, de New York à Tokyo, n'était-ce pas plutôt aux rares vrais amateurs de là-bas de faire le voyage ? Mais elle, qui à l'époque n'avait encore vu que Dehli, rêvait déjà trop de l'Inde. Elle plaidait pour des dérogations, et en obtenait. Un hiver, elle s'était même inscrite aux Langues O., pour acquérir un minimum d'hindi.

En pure perte : l'application n'est pas son fort.

Elle a toujours manqué de sérieux. Elle se revoit à sept ans chez les Clarisses. Ces pauvres filles rendaient déjà leur tablier, la petite Bureau refusait la table par 9. Dès le cours moyen il avait fallu l'expédier en pension dans la Nièvre, Mademoiselle s'était coulée chez toutes les bonnes sœurs jusqu'à Moulins.

Elle revoit aussi un Noël à Valbois où fatigués de lui

faire la guerre, ses père et mère la dénonçaient à « cousin Valery » : c'étaient les sciences naturelles, maintenant, qu'elle refusait. Naturellement, il eût fallu davantage pour tourner Larbaud contre sa préférée. « Baste ! disait-il, elle n'en aura que plus de temps pour s'accrocher au latin. — Mais c'est qu'elle ne s'y accroche pas non plus ! » Or cela faisait encore trop peu pour Larbaud, et voici ce qu'il avait trouvé : « Après tout, tant pis !... Tant pis, mes bons amis, du moment qu'elle a, éparse sur ses épaules et lui battant le dos, cette longue chevelure soyeuse et dorée que nous admirons. ». D'où la tête, vous imaginez, de père et de mère. Et la sienne donc, sa tête à elle, en découvrant l'été d'après cette même phrase, mot pour mot, à la page deux de *Portrait d'Eliane à quatorze ans* ! C'est bien pourquoi elle ne l'a jamais oubliée, n'oubliant pas non plus qu'ainsi sont les écrivains : vous vous croyez dans leur cœur, vous n'êtes que dans leurs petits papiers.

— Ce film est une merde, grogne Hémon pour la troisième ou quatrième fois.

— Tout film où tu ne joues pas est une merde, lui renvoie-t-elle.

Hémon trouva cela fort ambigu, mais il en retint surtout l'ironie, jugée inutilement blessante.

Inutilement blessé, il décida de se cabrer.

Colette Stern, dite Stern, dite Coste, manque absolument de sérieux, l'âge ne lui en a pas donné un brin. Côtoyer une star l'amuse comme pas permis.

Toutefois elle s'accorde qu'on s'amuserait à moins. Ce retour dans l'arène à bientôt soixante-trois ans contre l'une des plus belles bêtes de France, quel *come back !*... Quelle femme un peu femme n'y verrait comme un petit signe qu'on l'aime bien là-haut ? Elle-même n'est pas loin d'admettre que quelqu'un là-haut, quelqu'un de très inventif (« créatif » !), se soit récemment chargé de ses menus plaisirs.

Bien entendu, elle dédie la bête à Stern.

De là-haut ou d'ailleurs, Stern s'esclaffe.

D'aussi loin qu'il lui a pris de partir la narguer un sale matin d'il y a sept ans, elle entend très distinctement Stern la traiter de vieillarde, puis commander une ambulance.

Elle lui parie ce qu'il veut que l'ambulance sera de trop.

Il lui parie un million.

— Deux, dit-elle, car elle a déjà tâté la bête.

— TROIS ! crie Stern. Plus un magnum de Clicquot rosé au pied de l'appareil des *Au-Delà Airlines* que je vois te déposer ici sous peu !

— Rien ne presse, dit-elle, mais ça me paraît correct.

Plus que correct ; en fait, c'est elle qui filoute son filou. Mais peut-elle lui avouer qu'elle se sent déjà assez de taille à balader le fauve ? Car voilà la vérité : sur le peu que celui-ci a montré jusqu'à présent, elle se croit tout à fait capable de le manier en douceur et sans risque, pour l'excellente raison que des deux, Stern et le fauve, son rasta de Stern était quand même de loin le plus beau. Non seulement au même âge, mais longtemps après. Et c'est nettement en amie, en consolatrice, qu'elle cherche la main d'Hémon.

Eh bien voyez, il ne voulait plus. « Ne commence pas ! » siffla-t-il, revanchard en diable et joignant le geste à la parole : s'écartant.

Il recula aussi loin qu'il put dans son fauteuil, comme pour une petite sieste, mais il garda les yeux bien ouverts. Cruellement ouverts sur sa voisine, et l'angle même qu'il s'était ainsi créé — la voisine vue désormais de trois quarts arrière, ses boucles grises en amorce — finit de le persuader qu'elle ne lui ferait pas des siècles, ni peut-être la soirée. Cette histoire de main prise, rendue, redonnée, alors qu'il eût été si simple de jouer cartes sur table, lui apparut sous son vrai jour : comique. Il soupira de façon à être bien entendu.

Il dénoua sa cravate, la glissa dans sa poche, puis s'employa à mettre sur table ses propres cartes. Non pas ses atouts : ses caractéristiques. Ses constantes en matière affective et sexuelle.

A part la difficulté de toujours bien distinguer entre le purement éthéré et le radicalement animal, il y parvint sans peine. La caractéristique majeure de ses pulsions (il choisit « pulsions » comme couvrant les deux) était le rôle prépondérant, à coup sûr moteur, qu'y jouait la juvénilité de l'autre. Il s'en donna pour preuve son saisissement devant ce « miracle de la nature » que s'était révélée être Alexandra Leonard une fois dépouillée de ses hardes.

A tout prendre cet exemple eût suffi, il ne restait que trop cuisant. Mais divers autres s'imposèrent où la fragilité, la gracilité, l'immaturité de la partenaire lui avaient procuré la même sorte d'extase, d'état second. Encore ne parlait-il pas de ce qu'il avait toujours ressenti devant Maïe. Il ne parlait pas de Maïe, c'était sa femme.

Il se parla de Julia Sanvoisin, mais *a contrario*. L'indiscutable beauté de Julia péchait à ses yeux par je ne sais quoi de trop accompli, de trop ample ; de trop parfait, à condition de prendre « parfait » dans le sens archi-convenu ; péchait, oui, par il ne savait quelle perfection achevée, au sens d'usée : ayant fini sa course. Il en avait spécialement contre la bouche, une bouche humide et goulue — l'impression d'un trop de salive.

Il ne se parla de Maïe qu'en passant. On peut être un acteur célèbre et en baver beaucoup d'avoir été quitté : n'était-ce pas son ex-femme qu'il cherchait dans d'autres ? Au fond, ne devait-il pas à Maïe, à son lumineux corps d'enfant, cette prédilection manifeste pour les tout jeunes corps ? Ne lui devait-il pas aussi — tout se tient — une certaine phobie de ce qu'il baptisa sommairement « les stigmates de la maturité » ?

Ce qui nous ramenait à la voisine.

XVI

Hémon ne ménagea pas sa voisine mûre. De plus en plus cabré, il la déshabilla dans un très mauvais esprit. Il se représenta nus ses seins, ses épaules, ses longues cuisses. Eh bien, ce n'était déjà plus ce que la robe annonçait. Quant au reste, il n'en fit qu'une bouchée. Flétrissure de la peau ici et là, granulation épithéliale au gras des bras, pubis grisonnant, affaissement fessier, il n'avait que le choix des sordidités.

Il ne les choisit pas, il les entassa.

Enfin ce fut fini, et l'argument de proximité joua cette fois pour une brasserie de Montparnasse que l'un et l'autre aimaient bien. Ils prirent donc par la rue de Sèvres, elle à son bras, comme dans une aventure mondaine d'autrefois.

Autrefois, ils seraient allés moins vite, mais Hémon pressait le pas. Il accélérait exprès, toujours aussi mal luné. Or Colette Stern, en dépit de son « pubis grisonnant », etc., suivait très bien, souple et légère. On lui sentait même du goût pour la marche. Dès lors il cessa de courir la poste.

Douce était la nuit. « Quel contraste ! dit Hémon. — Entre quoi et quoi ? — Hier et aujourd'hui. Hier soir, cette neige sur Clermont. — En effet », se souvint Colette Stern, mais elle le rassura : quand on se connaît peu, la conversation a souvent du mal à reprendre. Il se raidit. « S'y ajoute, dit-il, que je ne suis pas quelqu'un de brillant. Je n'ai pas cette prétention. »

Cela posé, il n'accabla pas les Hindous. Ils font ce qu'ils peuvent avec ce qu'ils ont. Il se retourna contre les médias, la presse, la critique, qui avaient naguère porté aux nues ce film nul. Encenser la moindre crotte hindoue, bantoue, zouloue, du seul fait qu'elle est zouloue, bantoue, hindoue, est-ce bien ? Est-ce admissible ? « Non », dit Colette Stern. A-t-on le droit d'envoyer sciemment le public au massacre ? « Non. » Il vilipenda l'intelligentsia, et elle lui donna encore raison.

— Moi, dit-il, avec n'importe qui d'autre, je ne serais pas resté cinq minutes.

— Oh ! moi non plus, dit-elle.

Il ralentit encore. Qui, mais qui donc avait refusé de s'en aller ? Devait-il comprendre que seule, elle serait partie ? « Ah ! oui, à tous les coups ! — Et avec un autre ? — La même chose. — Avec qui que ce soit d'autre ? — Qui que ce soit. »

Il marqua franchement le pas.

— Vous vous rendez compte de ce que vous êtes en train de me vendre ?

— Tu ! dit-elle.

— Excusez-moi : tu. Tu es tout simplement en train de me vendre que nous serions restés uniquement parce que j'étais avec toi, et toi avec moi !

— Exact. Tu vois une autre raison ?

— Non.

Il stoppa.

Non, il n'en voyait pas d'autre, mais celle-là, vous me la copierez ! A eux le pompon !

Il les cita tous deux à l'ordre du Martyre Inutile : « Ont souffert sous les Hindous, elle pour ne pas bouger d'avec lui, lui pour ne pas bouger d'avec elle ! » Il ferma le ban en invoquant la Grèce antique, les plus grands stoïciens, puis Rome, puis Ubu. Alors Colette Stern tendit une main vers son cou, si bien qu'il avança le cou vers cette main. « Ubuesque ! » trancha-t-il. Mais on voulait juste lui reboutonner le haut de sa chemise, et il ne voulut pas.

— Ou très révélateur ? suggéra-t-il. Ou hautement significatif ?

On se garda de répondre. Colette Stern continuait de voir les choses en termes d'arène, de véroniques, de bête à laisser venir. Donc la bête vint : est-ce que par hasard ils ne se sentiraient pas très bien ensemble ? Mieux que bien ?

C'était dit avec force. Il avait pris la muette aux avant-bras, il lui imprimait des secousses.

— Incroyablement bien ? Anormalement !

Cet « anormalement » était-il assez clair ? « Oui, dit Colette Stern après encore plusieurs secondes, mais je ne t'aime pas sans cravate. — Ah ! ça, il faudra t'y faire, je suis contre. — En connais-tu qui soient pour ? Regarde autour de toi, vous êtes tous pareils : quel snobisme idiot ! Pourquoi cette fuite devant les cravates ? — Je n'en sais rien, dit-il. Je parle sérieusement.

Pourquoi cette fuite devant les choses sérieuses ? — Allez, marchons », dit-elle, mais il résista.

Il se campa.

Puisque ce n'était pas assez d'être clair, il résolut d'être vrai. Il dit :

— C'est ce que je me tuais à t'expliquer ce matin : ce fait tellement frappant — immédiat, instantané — qu'avec toi tout devient neuf et excitant. Devient juste, sonne juste. Je vais plus loin : touche à l'essentiel. Pourquoi ? (Plus il s'efforçait d'être vrai, plus le ton montait.) Tu as, c'est sûr, l'intelligence, tu as le charme de la haute intelligence. Tu as aussi la beauté, tu es finalement très belle, mais je vois autre chose. Il y a ce qui tient à toi, il y a ce qui tient à moi, et je vais te dire ce que je vois. C'est que ta finesse, ton charme, auxquels j'ajouterai ton humour, ton humour si particulier, sont tombés en terrain propice. Sont tombés sur un type paumé. Je suis paumé ! (Il se faisait agressif.) Ne proteste pas, je sais ce que je dis, d'ailleurs les preuves abondent, ne serait-ce que mon genre d'existence. Tu as eu hier une formule très juste, quelque chose comme « faire l'ours en grande banlieue ». Il n'y a pas meilleure image : je me terre. Je refuse tout. L'acteur refuse. Tu as pu constater qu'il passe déjà pour un acteur fini. C'est peut-être aller un peu vite, mais je sens très bien moi-même qu'il dégringole. Je le sens dégringoler à la vitesse grand V. Ce n'est pas un jugement de valeur, c'est un jugement de réalité. N'ayons pas peur des mots, il est sur le toboggan. Et il n'y a pas que l'acteur, il y a le bonhomme. Chez moi le bonhomme est une catastrophe. Il pèse des tonnes, c'est lui qui m'enfonce. Si je te racontais à quoi il occupe son temps, tu rirais, c'est à pleurer. Passons ! Je ne cherche pas à t'apitoyer, je te fais l'état des lieux. Ne te leurre pas, le bilan est lourd.

— Mais tu te reprendras, lénifia Colette Stern.

— Je ne sais pas, dit-il. Je ne sais plus.

Un grand flou régna effectivement sur la suite. Referait-il surface ? Retrouverait-on un jour Hémon ? Il voulait l'espérer, mais sans l'ombre d'une garantie. Il osait l'espérer. Plus exactement, il commençait à oser. Aujourd'hui. Ce n'était pas vieux, ça datait d'aujourd'hui. Toujours sans garantie, mais quand même un peu. Un tant soi peu. Il affina encore, en séparant bien les verbes : il osait/commencer/à oser/l'espérer. Ce soir.

Grâce à elle ?

« Grâce à toi ? » fut la question qui suivit, mais ce n'est pas Colette Stern qui pouvait l'éclairer.

« Apparemment », se répondit-il, et il n'eut de nouveau pas peur des mots, ni des métaphores. Elle avait surgi dans sa vie, dans sa nuit, à la façon, si vous voulez, d'un fanal, d'un fanal lointain, disons d'une vague lumière tout là-bas, tout là-bas. Ce qui le conduisit à parler de naufrage. Jusqu'à hier il ramait sur les lieux de son naufrage — sa putain de baraque — pire que dans le noir absolu, pire que sans espoir : sans se poser de questions. « Me voilà appelée à une grande œuvre », songea Colette Stern. Ils étaient arrêtés entre deux murs d'hôpital — à droite les Enfants Malades, à gauche les Jeunes Aveugles. « Ne restons pas là », fit-elle.

XVII

La brasserie sur laquelle ils s'étaient mis d'accord
était *La Coupole*. Au temps où Hémon sortait encore,
on l'y voyait souvent. Le reste du trajet alla sans
anicroche, presque sans se parler : Hémon remâchait
ses aveux. Il craignait de n'avoir été que trop vrai. Il
craignit de s'être fait du tort. Peu avant d'arriver, il
remit subrepticement sa cravate, mais il la laissa
pendre. Il ne la noua que devant le long banc à huîtres
qui commande l'entrée : Colette Stern ronronna.

C'est une salle immense, et divisée en secteurs. On y
passe facilement inaperçu. Or à l'apparition de leur
couple, elle n'eut qu'un cri : « Le revoilà ! », mais bref,
tout de suite rentré, comme s'il lui fallait d'abord en
croire ses yeux de revoir le grand acteur. Aussi avancè-
rent-ils dans ce qui équivaut ici à du silence : un
brouhaha suspendu. Toutes les tables regardaient
Hémon, jusque tout au fond. « Courage ! » lui glissa sa
chère Stern avant de le laisser poursuivre seul, mais
elle ne faisait que traduire le sentiment général, déjà

teinté d'angoisse. Jusque tout au fond, il semblait déjà clair que le premier dîneur à bouger susciterait des troubles.

Ce premier fut une femme. Egalement une actrice, mais dont la gloire remontait à Claudel, à Montherlant. Assise en bord d'allée, elle n'avait eu qu'un pas à faire. Hémon se souvenait d'elle dans *La Reine morte*. Il voulut passer. Elle écarta les bras. Il ne put qu'y tomber, elle criait « Toi ! » Sauf dans *La Reine morte*, il ne l'avait jamais tant vue. Elle l'embrassa au ras des lèvres. Leurs mentons se choquèrent. On les poussait très violemment derrière, devant, sur les côtés. Elle fut vite chassée, et Hémon flageola. De secs placages le redressèrent. La plupart des assaillants le chopaient aux épaules, mais certains, les plus petits, à la taille. Il trouva cela idiot, il les connaissait presque tous. Il reconnut un avocat, une productrice, une romancière à succès, un photographe de plateau, encore un avocat, une maquilleuse, un député de la Mayenne. Il leur résista moins que si ç'avaient été des étrangers, ce qui les porta aussi à moins se ruer. Ils ne le plaquèrent plus que pour l'étreindre. Il se forma même comme une file d'attente. Ils l'étreignaient à tour de rôle, en lui murmurant des choses. Il était le plus grand. Ils l'aimaient. Ils célébraient son retour comme s'il rentrait de captivité. (De l'île d'Elbe : ils lui rendaient son trône.) Dieu, qu'il était grand, Ciel, qu'il restait beau ! Il s'embêta.

« Quelle comédie ! se disait-il. Quelle sinistre comédie ! », quitte à penser immédiatement l'inverse, « une certaine ferveur populaire », mais sans plus de joie. Puis une question dominait tout : à quand la fin ? Il piaffait. Il en eut bientôt jusque-là, et dans les deux versions : de leur ferveur aussi. Il joua des coudes, mais le cercle ne céda point. Se resserra, au contraire. Alors lui fit l'enfant. L'enfant perdu : « Où est-elle ? lança-t-il d'un ton vibrant. Mais où est-elle ? Où est passée mon amie ? » L'aimant comme ils l'aimaient, s'ils se mirent en quatre pour la lui retrouver !

Ce fut un peu long, car Madame aussi avait sa cour. Trois serveurs, deux filles du vestiaire et le maître d'hôtel qui venait de l'installer à l'une des meilleures tables lui faisaient rideau, ainsi que plusieurs personnes n'appartenant pas à l'établissement.

— Je vois que nous sommes une habituée ! plaisanta Hémon en la rejoignant sur la banquette.

— Autrefois, dit-elle. Jadis !

— Les années ne font rien à l'affaire : nous parlions de M. Stern, expliqua le maître d'hôtel.

— Mais moi je tremblais, dit-elle. Si je m'attendais à pareille émeute ! Quelle surprise : tu as dû souffrir !... Je nous ai commandé des huîtres, tu as une tête à aimer les huîtres. Au fait, comment sont les oursins ?

— Beaux, Madame. Bien beaux, bien pleins. Douze ?

— Dix-huit, décida Colette Stern : c'est elle qui invitait.

— Ah ! pas question, dit Hémon. Jamais de la vie !

— Mais bien sûr que si ! Hier soir, c'était toi. Adoptons des règles simples. Qu'est-ce que tu bois ?

— De l'eau !

— Sérieusement?

— Et comment!

— Ça, c'est du courage! Je t'admire.

— L'admiration est de trop. Je t'ai déjà dit de ne pas te fixer sur hier soir : j'adore l'eau.

Il eut son rire tonitruant, celui qu'elle n'aimait qu'à moitié : « Surtout l'eau de Vichy, figure-toi! » Elle le trouva joliment remonté depuis l'émeute. « Moi, ce sera du sancerre, dit-elle. Rouge.

— Je le savais! s'exclama le maître d'hôtel. Je l'aurais parié. Bien qu'à la réflexion...

— Oui?

— Corrigez-moi si je me trompe, je crois me rappeler tout d'un coup qu'autant sur les huîtres seules M. Stern tenait au sancerre rouge, autant sur huîtres et oursins il préférait du bandol blanc.

— Très juste, mais pas toujours.

— Pas toujours, mais souvent! »

Partis de la sorte, Hémon les vit remonter jusqu'à la guerre de 14, et c'est tout le rideau qu'il balaya d'un geste excédé. « Les souvenirs, dit-il, ce sera pour une autre fois, maintenant je vous prie de nous laisser. Cela s'adresse à tout le monde : on nous laisse. »

— Pardon, soupira-t-il quand il eut été obéi. Mes casse-pieds suffisaient. Les tiens en plus, merci! Mais assez parlé de moi : raconte. Parce que j'observe une chose : je t'ai tout dit, et toi rien. En l'espace de vingt-quatre heures, autrement dit depuis que je t'ai vue monter dans ce compartiment escortée de tes cousins...

— Neveux.

— ... ou neveu, tu t'es arrangée pour m'extorquer une confession en règle, en te figeant, toi, dans une attitude lointaine. Hiératique. D'autre part, comment ne pas être frappé par l'espèce de fascination que tu exerces sur les gens ? Un seul exemple : Machin. Ton cardiologue. L'inénarrable Prédicant.

— Pourquoi « inénarrable » ?

— Je ne sais pas. J'avais besoin d'un adjectif.

— Tu es un homme de texte !

— Peut-être. De toute façon je serais mal venu de me moquer de ce monsieur. Ton pouvoir sur les êtres (soyons snobs : ton charisme), je le subis autant que lui. A ceci près que lui me paraît pouvoir être classé parmi les séduits d'office, les éblouis par définition, alors qu'avec moi, tu m'excuseras, ce n'était peut-être pas gagné d'avance. Je hais l'expression « un homme couvert de femmes ». D'abord on n'est pas obligé de se laisser « couvrir », ensuite ça sent trop le truc de pub. J'ai toujours refusé cette image de moi.

— Mais tu te l'appliques.

— Non. Plus ! Plus du tout.

— N'insiste pas, le côté tombeur n'ajoute rien.

— Je n'insiste pas, dit-il, je mentionne. Je n'ajoute rien, je simplifie. Pour être encore plus simple, imagine-moi par exemple au départ : quand je prends le train. Hémon prend un train. Cet Hémon-là, celui d'hier soir, celui d'avant Vichy, peux-tu m'accorder qu'il ne devait plus être tellement sujet à des émois d'adolescent ? Vu sa vie, tu me l'accordes ? Bon. Puis monte une dame, une certaine dame, et plof !... Alors je veux bien tout ce qu'on voudra, mais explique. Donne-moi au moins les bases. Si tu as un philtre, dis-le. Colette Stern, lève un peu le voile !

Colette Stern, qui n'avait jamais prêté automatiquement du génie aux génies du cinéma, accorda à celui-là une force de conviction quand même pas ordinaire. Mais elle se défendit d'en être émue, sachant que lorsqu'on ne se le défend plus, on l'est. « Comment va ta maman ? demanda-t-elle. As-tu pris de ses nouvelles ? — Non, pas encore. — J'espère qu'elle a le téléphone dans sa chambre ? — Tu penses bien ! dit-il. Je l'appellerai demain matin. »

Hémon ressentit comme de la fatigue : il n'était pas réellement un bavard. A Corcelles, cela ne lui pesait pas, au contraire, de rester des jours sans voir personne. Il ne fallait donc pas que cette femme le prît pour un bavard, même s'il lui parlait beaucoup. « J'attends », dit-il, et il croisa les bras.

Les huîtres arrivèrent.

Il dit : « J'attends de vraies réponses à mes vraies questions. » En effet il ne trouvait que juste et véridique tout ce qu'il venait de développer. Honnêtement, il jugeait avoir exprimé de façon plutôt discrète deux des grandes surprises qu'il devait à Colette Stern : celle, dans le train, de s'être dit qu'il se la ferait bien, celle de se l'être confirmé aujourd'hui. « De toi à moi, dit-il, je crois avoir posé les vraies questions. »

Les oursins arrivèrent.

— Sûrement pas, dit Colette Stern, mais tant pis, je vais te répondre.

— Sans faux-fuyants, pour une fois ? Sans ton habituel jésuitisme ?

— Sans jésuitisme, promit-elle.

Malheureusement, elle voulut d'abord goûter une

huître, et ensuite ce fut trop tard, le mal était fait, d'autres dévots criaient « Stern ! »

Ils étaient cinq, Hémon en vit dix. Ils débarquaient, avaient encore leurs manteaux, donc ignoraient l'interdit mis par Hémon autour de cette table. Ils n'étaient que trois hommes et deux femmes, mais les deux femmes déjà assises, d'autorité. Hémon prit un air absent : d'ailleurs on ne lui demandait rien. On ne s'émerveillait que d'être tombé sur Colette Stern ; la trouver en compagnie d'un Francis Hémon n'impressionnait apparemment aucun des cinq. En représailles, Francis Hémon préféra beurrer des tartines pour Colette Stern.

Il aurait pu tartiner jusqu'à demain, il avait affaire à une secte. Il se sentit vite comme à la messe. Stern (l'autre Stern, feu Stern) était le Dieu de ces gens-là, et sa veuve simplement son prophète, divine par ricochet. Cela donnait une messe d'un rite étrange, gaie, très enlevée, mais s'annonçant d'autant plus longue qu'elle n'avait pas dû être dite depuis longtemps, faute d'occasions. Hémon sentit des fidèles qui se rattrapaient. Non content des répons, chacun y allait d'un dithyrambe personnel sur les prodiges de Stern, mais célébrait tout autant son sens de la repartie, magnifiait ses boutades, ses mots d'auteur. Il en résultait un Dieu-le-Père aux limites de la bande dessinée, un Superman proche cousin de Sacha Guitry, une espèce de Rambo volontiers petit marquis. Toutefois ce que Stern perdait en divinité, il le regagnait en splendeur ici-bas. De chacune de leurs évocations il ressortait comme ayant été à la fois un des génies de ce siècle (en tout cas leur maître à penser) et un bonhomme impayable.

On s'en lasse. Hémon n'écoutait plus que d'une oreille, lorsqu'il crut entendre dans la bouche d'une des deux femmes, la plus jeune, son nom. Il leva les yeux, et cette femme lui lança : « Eh oui, monsieur Hémon, vous pouvez bien être beau, je me demande si Stern ne vous rendait pas des points. — Oh ! sûrement, dit-il. Me rendre des points là-dessus ne m'a jamais paru un exploit. — Il ne se trouve pas très beau, expliqua Colette Stern. Il me l'a dit. — Je ne me rappelle pas te l'avoir dit, n'empêche que c'est vrai », admit-il en la prenant par l'épaule et en l'attirant contre lui, clairement possessif.

Elle ne s'y opposa pas.

— Sans vouloir comparer Stern à M. Hémon, enchaînait l'un des hommes, il est certain que notre Stern présentait une beauté singulière.

— Ah bon ? s'enquit Hémon, d'un air détaché au possible.

— Il était grand et mince, bien découplé. Magnifiquement bâti, mais longiligne. Une allure, sans exagérer, d'adolescent : l'éternel adolescent.

— Blond ! renchérit la femme plus âgée. Grand, blond et mince. Un air, si vous préférez, d'officier anglais, mais sans le côté fade, ou raide. Vif, au contraire. Souple. Une grâce ! Et rien de fade : vous savez que lorsqu'un Juif se mêle d'être blond...

— Je sais, dit Hémon, il n'y a plus de limite. Oh ! je

vois très bien. L'air, en somme, d'un major de l'armée des Indes. Ce look-là, non ?

— Exactement.

— Avec moustache ?

— Oui, la moustache aussi !

— Ben voyons ! Ah ! les Indes..., s'esclaffa Hémon, et il n'en pressa que plus fort contre lui Colette Stern, qui de nouveau s'y prêta.

Puis il ne fut plus question que d'arrêter où et quand Stern s'était montré le plus sublime, à son récital de Londres (78) ou à celui de Lausanne (80).

« Des récitals de quoi ? » se demanda Hémon. Sur ce nom de Stern, il penchait beaucoup pour un violoniste, mais il ne put en décider avant que sa malicieuse amie ne lève soudain la séance, en ces termes : « Vous êtes gentils tout plein, seulement il faut nous laisser. Allez, allez, on nous laisse ! » Il l'aurait embrassée. Ce fut son tour de ronronner tandis que les autres se hâtaient de disparaître — sauf l'aînée des femmes qui revint un instant pour rappeler à mi-voix, comme si c'était un grand secret entre elles deux : « A samedi, Stern ! A samedi matin. »

XVIII

— Quoi, samedi ? Qu'est-ce qu'il y a, samedi ?

— Je pars.

— Avec elle ?

— Entre autres : tout un groupe.

— Où ça ? Loin ?

— Jersey et Guernesey. Peut-être Sark.

— Longtemps ?

— Cinq jours.

— Quoi faire ?

— Voir des jardins.

— A cette saison ? En mars !

— Avril, corrigea-t-elle. Mars finit demain.

Il prit une marennes et la considéra longuement, en ennemi.

— Je cherche, expliqua-t-il. Voir quoi ? Il gèle encore.

— Pas là-bas. A Jersey, le thermomètre descend très rarement sous zéro.

— Admettons, mais je répète : voir quoi, ces jours-ci ? Peux-tu me citer une seule plante ou fleur qui vaille le déplacement à Jersey début avril ?

— Les exochordas.

— Connais pas.

— Les kolkwizias, j'en doute, mais peut-être des camélias : les lambertiis sont assez hâtifs. En tout cas, des amélanchiers, ici tu as déjà des spirées.

— Je me fous des spirées. C'est quoi, ton groupe ?

— Des gens qui aiment les jardins.

— Ça, j'avais compris ! Ce que je te demande, c'est ton rapport à eux. Tu leur dois quelque chose ? Tu te sens tenue à des égards ?

— Non.

— Alors où est l'intérêt ?

— Admirer, dit-elle. Visiter les plus beaux jardins d'Europe. Accessoirement, y prendre des idées pour les nôtres.

— Arrête de répondre à côté, je parle de ton intérêt à toi. Eux, je vois le genre : des maniaques ; mais toi ? Tu as un jardin, toi ?

— Non. Juste un balcon.

Il reposa sa marennes. « J'attendais tant des prochains jours, soupira-t-il. Je fourmillais de projets. Figure-toi que je me racontais notre premier dimanche. Il n'y aura pas de premier dimanche. — Nous nous verrons demain, dit Colette Stern. Si tu veux. »

Il prit un oursin. « Une idée me vient.

— Tu risques d'être déçu : ce voyage, nous le préparons depuis Noël.

— Et je ne date que d'hier. C'est ce que tu veux dire ?

— Je dis que le projet est antérieur, rien de plus. »

Il ignorait que cela se jouât à l'ancienneté ! Il attaqua l'oursin.

— Voilà ce qu'il en coûte de négliger les données de base, philosopha-t-il. Décidément, ce cher vieux bon sens a tôt fait de nous rappeler à l'ordre ! On croit compter un peu, commencer à compter, on oublie tout simplement qu'on ne date, en effet, que d'hier. Non, non, tu as mille fois raison, il faut d'abord faire ses classes. Merci de me le rappeler. Donc sois sans crainte, loin de moi l'idée de me mettre en balance avec les îles anglo-normandes. D'ailleurs j'ai eu tort d'annoncer une idée, c'était plutôt une comparaison. Sais-tu comment je me suis vu tout d'un coup ? Comme un type en salle de réanimation, lorsqu'il réalise qu'on va le débrancher.

— Le dialogue devient pauvre, observa Colette Stern. En tant qu'acteur et homme de texte, tu devrais le sentir.

Hémon le sentait si peu qu'il bondit. Ce soupçon de faire l'acteur dans sa vie, aucun acteur ne l'accepte, mais lui bondissait régulièrement plus haut que les autres : « Je ne fais ni l'acteur, ni du texte, je dis ce qui est. Si je pèche par quelque chose en ce moment, ce serait par exactement l'inverse, par honnêteté et simplicité.

— Va jusqu'à simplisme », lui conseilla Colette Stern.

Il n'eut pas assez de sa fourchette pour malaxer l'oursin, il le pilonna à la cuiller.

— En somme, c'est un refus ? Sois claire : je me heurte à un refus ?

— Je le crains.

— Bien ! déplora-t-il en s'en prenant au test même de l'oursin. On s'inscrit où ?

— Pour ?

— L'avion. Les réservations. Vous passez par une agence ?

— Non.

— Qui organise ?

— Le groupe.

— Qui, dans le groupe ?

— La baronne Vaurs.

Il était déjà debout.

— Son téléphone ?

— Tu es fou, tu as vu l'heure ?

Il était déjà loin.

« Celui-là, se dit Colette Stern, tu n'en es pas débarrassée, on va voir du pays ! » Mais c'était une bonne pensée, pleine de compliments pour elle et pour lui.

Parmi les quinze Vaurs de l'annuaire, un seul était suivi d'un « de » : Vaurs de Fialy. Ce ne pouvait être que la baronne. Un homme répondit — soit le baron, soit un domestique. Hémon se recommanda de Colette Stern. Aussitôt tout fut aplani, peu importa l'heure. Il était bien chez la baronne, il ne fut prié que de patienter.

Ce n'est pas dans une cabine de *La Coupole* que des graffiti peuvent vous aider à tuer le temps, la direction veille à les faire disparaître. Hémon remarqua néanmoins, ayant résisté au grattage, le vieux cœur percé de la classique flèche. Toute proportion gardée, il se l'appliqua.

Il se charria : « Où vas-tu, mon camarade ? Où es-tu parti ? »

La voix de la baronne était gaie, sinon jeune. Hémon exposa son affaire. L'enjouement tomba. N'allaient à Jersey que les membres du club. « J'adhère, dit-il.

— Comme s'il suffisait d'adhérer !

— Je ferai un don, dit-il.

— Nous ne sommes pas l'armée du salut, gardez vos aumônes ! répliqua la baronne. Le problème n'est pas d'argent, le problème est que je suis complète. Stern ne vous a donc pas dit que j'organisais en fonction du nombre d'inscrits ? Jusqu'à telle date j'inscris, ensuite j'envoie promener. Sèchement. Pour Jersey, le coupe-ret tombait le 22 février. Ai-je assez prévenu que le 23 on serait forclos ! Seulement Stern n'écoute pas. Stern se croit au-dessus des lois. Stern, je ne vous le cache pas, m'assoit !

— Je crains même, dit Hémon, qu'elle ne vous lâche. Nous sommes très liés. Jersey sans moi, voudra-t-elle encore ? Enfin, je vous laisse mes coordonnées. Je m'appelle Hémon...

— Comme les fils Aymon, ou comme l'acteur de cinéma ?

— Comme l'acteur. Je le suis. C'est moi.

— Jésus, que me chantez-vous là ? » gémit Mme Vaurs de Fialy, elle qui avait parlé de couperet.

Et c'est encore Jésus qu'elle somma de lui inspirer le moyen d'arracher Hémon à la guillotine, de lui souffler ne fût-ce qu'un biais. « Un joint ! » mendia-t-elle, car elle se voyait dans une situation inouïe. D'ordinaire elle priait pour qu'il n'y eut pas de défections. Les défections de dernière minute étaient sa terreur. Eh bien, elle en souhaita une. Du reste elle pensait déjà à quelqu'un — un monsieur âgé, souffreteux, très impressionnable. Celui-là, il suffisait de lui dire « je vous trouve un peu patraque ces temps-ci » pour qu'il

134

se mette au lit. Avec un « je vous trouve à faire peur », on devait l'expédier à l'hôpital. Donc à la guerre comme à la guerre, elle allait s'y employer. Hémon se confondit en mercis, présenta énormément d'hommages et donna son téléphone.

Un autre joli moment fut lorsque Stern et lui quittèrent la brasserie. Plusieurs jeunes gens s'étaient arrangés pour sortir sur leurs talons. Ils voulaient des autographes, mais aussi parler. Hémon hésita un peu à cause de Stern, puis accepta. Il dit même des choses qu'il n'eût peut-être pas dites à son amie, ou alors pas dans les mêmes termes. Parlant à des jeunes, il fut direct.

Il se montra d'autant plus direct, bon garçon, disert, que d'autres arrivaient. En un rien de temps le trottoir fut barré. S'agrégèrent jusqu'à des Arabes : cinq ou six très jeunes beurs qui passaient par là avec leur air de se fiche royalement de ce que nous pouvons dire ou faire. Ils ne se fichèrent pas d'Hémon, ils le tutoyèrent. Les autres aussi, du coup, et l'on ne fut plus qu'une bande de jeunes ravis de se découvrir d'accord sur tout, non seulement sur le cinéma, mais sur la vie, sans a priori de race ni de classe. Sans même de prévention particulière contre cette grande belle dame dont Hémon ne cessait de caresser l'épaule à la naissance du cou : on ne l'excluait pas, c'est elle qui se taisait.

— Les jeunes et moi, dit Hémon à peine dans le taxi qui les ramenait avenue de Tourville, ça va. Ç'a toujours été, le courant a toujours passé. Ne me demande pas pourquoi, je l'ignore, mais tu as vu.

— J'ai vu, confirma Colette Stern.

— En même temps, j'étais désolé de t'imposer ça. Je n'ai pas arrêté de me dire que tu allais prendre froid.

Il la serra violemment sur sa poitrine, la réchauffa comme si elle venait de subir un moins quinze du fait des jeunes sur ce trottoir.

— Je ne sais vraiment pas à quoi cela tient, reprit-il d'une voix étouffée, car il parlait maintenant aux cheveux de Stern. Si je faisais tant soit peu mon démagogue, je comprendrais, mais je ne crois pas qu'on puisse m'accuser d'une quelconque démagogie à leur égard. Finalement, ça tombe bien que tu te sois trouvée là, c'est ton impression à toi qui m'intéresse. Quelle est ta réaction ?

— Oh ! excellente, dit-elle tout en manœuvrant pour se dégager, il l'étouffait. Je t'ai trouvé simple et juste. Beaucoup plus simple, par exemple, qu'avec moi. Non, j'ai bien apprécié. Sauf peut-être, mais *a contrario*...

— Oui ?

Hémon attendit, puis, rien ne venant : « Je pense à ces petits Algériens, ou Marocains. Je n'ai pas tourné depuis deux ans, ils avaient quel âge il y a deux ans ?... Excuse-moi, tu disais " sauf ". Sauf quoi ?

— Rien. Non, rien. »

Il insista. Leur taxi traversait la Place du 18 Juin. Il insista jusqu'à Duroc.

XIX

Juste après Duroc et juste comme Hémon n'insistait plus, Colette Stern dit enfin : « Tout à fait *a contrario*, moi j'ai soixante ans. »

Elle ne le dit pas par souci d'honnêteté. Honnête, elle eût dit soixante-deux.

Par bravade ?

Elle y réfléchit plus d'une fois par la suite, et sa réponse fut toujours non. Ce qui lui arrivait avec Hémon restait au stade, en gros, du divertissement. Pour parler comme on parle aujourd'hui, elle ne s'y impliquait pas des masses. Elle tâchait plutôt de calmer le jeu, souhaitant peut-être au fond, pour sa tranquillité, que leur affaire capotât. Mais de là à une troisième hypothèse, celle où son « j'ai soixante ans » aurait été plus ou moins calculé pour créer l'accident, il y avait aussi un pas : le capotage pouvait attendre. Attendre offrait même assez de charme avec Jersey à l'horizon, le test de Jersey. Toujours est-il qu'Hémon répondit : « Raconte ça à qui tu voudras, mais pas à moi. S'il te plaît, pas à moi ! » Puis il y eut encore un long silence, à se demander qui prendrait sur lui de le rompre.

Ce fut Hémon : « Aies-en soixante-dix, aies-en quatre-vingts, que veux-tu que ça me fasse ? »

Il bruinait. Le chauffeur mit les essuie-glaces.

Bien plus loin, déjà en vue des Invalides, Hémon intervint de nouveau, de plus en plus colère :

— Une autre réponse me démange. Nous sommes dans un taxi. Souviens-toi d'hier. (Il la serrait toujours, il baisa ses boucles.) Je peux recommencer. Mes instincts ne demandent que ça. Rappelle-toi leur réaction première. Oui, voilà la réponse que tu mériterais.

« Mais je pense y échapper, tu m'as l'air de te dominer très bien », songea Colette Stern, et il s'en fallut d'un rien qu'elle ne le lui lâche. Au lieu de quoi elle s'entendit proférer, pénétrée d'un sentiment de tomber bas, ceci :

— Disons que je suis plus près de soixante que de cinquante.

Elle s'en voulut immédiatement, mais que faire, c'était dit. Hémon, bien sûr, applaudissait : « Nous progressons. Il y a du mieux. Rabats-en encore dix, et tu deviendras presque crédible. Alors, je t'en prie, faisnous grâce de tes coquetteries à rebours. (Il lui mordilla l'oreille, mais ils arrivaient.) Plus près de cinquante que de quarante s'inscrirait mieux, je peux te dire, dans les limites de l'admissible.

— Ta voiture est loin ? demanda-t-elle quand il eut réglé le taxi.

— Non, tout près.

— Je t'y conduis. »

Pas lavée depuis des mois, cette voiture (un petit break VW acheté en arrivant à Corcelles : break en prévision d'une existence rustique, petit puisqu'il se voyait seul désormais, sans famille) n'était qu'un tas de boue. Il annonça qu'il allait en changer. Pour elle, dit-il. « Rien que pour te faire honneur ce printemps. » Qu'il était donc plaisant, dit-il encore, de retrouver sens et goût à la vie juste comme les beaux jours arrivent.

Quand ils eurent considéré le tas de boue, ils revinrent, se tenant par la taille, vers l'immeuble de Stern. Arrivés à l'immeuble, ils retournèrent à l'auto, et ainsi de suite : ce circuit des fois et des fois sous la douce bruine, d'ailleurs plus si douce. Pénétrante, à la longue.

Hémon se savait pourtant une star. Avec toute autre star de son envergure, tout autre mâle de sa séduction, cela se serait terminé là-haut, au cinquième. Mais il était déjà d'accord pour remballer ses instincts. Il reprenait réellement goût à la vie, y compris aux bonnes manières.

Et les sujets ne leur manquaient pas.

C'est fou, le nombre de sujets qu'ils purent aborder sous ce crachin. Ils parlèrent de tout, jusqu'à de la politique, mais plus de l'âge. Le débat était clos — devenu comme sans objet.

XX

Le lendemain matin, Hémon ne scie pas.

Il pleut, mais d'habitude ce n'est pas ce qui l'arrête.

Pour une fois, ses muscles ne lui demandent rien.

Quelqu'un lui prédirait qu'il ne sciera plus jamais, il aurait du mal à le croire, et pourtant le fait est que tout d'un coup scier lui paraît moins vital.

Il peut s'en passer.

Il n'en tire pas de conclusions, il constate.

Il est un musculaire. Avant Corcelles il ne sciait pas, mais il pratiquait le tennis à bien plus haute dose. Et le squash. Plus la gym.

Sauf quand il a la grippe, il ne se souvient pas de matinée où il se soit senti aussi peu physique.

Au lieu de scier, il couve le téléphone.

Il attend deux appels, Stern et la baronne.

En la quittant cette nuit, il a fait promettre à Stern d'appeler dès son réveil.

C'est elle qui appellera. Il y attache du prix. Il voudrait bien être de temps en temps celui qu'on appelle, pas toujours l'appelant.

Outre la pluie, il y a que de l'endroit où il scie, on n'entend pas la sonnerie. Il faut que son employée de maison le hèle par la fenêtre. Or elle n'est pas encore arrivée.

Le serait-elle, scierait-il ?

Elle prend son service à 9 heures. Elle vient de Saint-Nom-la-Bretèche à mobylette, sous un gros casque rouge. Pas peu fière de servir ici, elle a orné ce casque d'un des autocollants à la gloire d'Hémon dont la presse populaire abreuvait ses lecteurs voilà deux ou trois ans. Mais bleu roi au départ, le visage de l'artiste a viré au bleu lessive sous les averses. En revanche l'inscription « I ♡ Francis », d'un jaune supposé phosphorescent, brille encore. Cependant Hémon doute fort que sa Mme Morel le ♡ tellement, elle n'aime que ses enfants. Elle ne supporte pas de les savoir seuls à la maison quand ils n'ont pas école. Aussi mieux vaut ne pas compter sur elle le mercredi, il est bien rare que l'un des trois ne nous fasse pas de la température. Ou elle.

Mais nous sommes vendredi, et la voilà. « Je réfléchissais, lui annonce-t-il d'emblée, que je ne vois plus personne. Si je donnais des dîners ?

— Le soir ?

— De préférence ! »

Drôle d'idée. Le soir, il devrait pourtant savoir qu'elle ne peut pas, elle.

— Eh bien, je ferai sans vous. Les extras ne manquent pas.

— Par contre ce qui risque de vous manquer, c'est la vaisselle. Vous n'en avez pas terriblement.

— J'en achèterai, dit-il. En attendant, allez donc nettoyer l'intérieur de la voiture, il est dans un état !

Elle se fige : parce qu'elle doit s'occuper de l'auto aussi ?

— Pas de l'auto, ronfle Hémon, des sièges ! Passer l'aspirateur sur les sièges, c'est possible, oui ? L'aspirateur, c'est dans vos cordes ?

— Et vous, vous ne sciez pas ?

— Non, dit-il ; ajoutant, comme s'il y avait le moindre lien : « Aujourd'hui, je sors. » Et il monte.

De là-haut, de la fenêtre de sa chambre un jour de pluie, la vue dit tout. Il apparaît d'un seul coup et de façon frappante, spectaculaire, dramatique, à quel point Van Horne et Zack ont eu raison de ne pas insister en Ile-de-France. Nous ne sommes pas Pittsburgh. Peut-être acceptable à Pittsburgh, leur première réalisation européenne allait vraiment trop contre notre idée du bonheur. Elle ressemble à un camp. Riche, mais un camp. Les maisons font baraquements.

C'est d'une tristesse poignante, Hémon appelle sa mère.

De toute façon, il devait.

La standardiste du mouroir accepte de la lui passer, moyennant deux recommandations : ne plus s'y prendre si tôt (« Les soins, tout ça ») et demander le 17. La chambre 17.

La malade 17 est nulle au téléphone. Elle parle trois fois trop fort, et croit aussi qu'il faut se presser. Alors vous pouvez mendier de ses nouvelles, elle ne s'inquiétera que des vôtres. Tout ce que son fils parvient à lui tirer est qu'elle a honte. De quoi, mon Dieu ?

D'être traitée comme ça. Comme une reine.

Hier soir, avait-elle de la fièvre ?

Oh! non, tout le monde est si gentil.

Le fils voudrait bien ne pas flancher. Cet obstacle entre votre mère et vous de toute une conception de la pensée, du raisonnement, du langage, on s'en accommode. Lui, s'y est même fait très tôt, vers douze ans, mais ces derniers temps il regimbe. Non qu'il nie l'évidence, il la voit juste d'un autre œil, surtout depuis le mouroir. Elle lui fait mal. Si près de la fin, elle le prend à la gorge. Il trouve tout simplement scandaleux que lui et cette mère à qui tout l'attache par ailleurs en aient été réduits à s'ignorer pour l'essentiel, à s'aimer dans le noir si fort qu'ils se soient aimés. Si fort qu'il l'ait aimée, qu'il l'aime encore ; et c'est sa voix qui flanche. Il ne lui reste vite plus de voix que pour de bonnes paroles : « Gros baisers, Ta Majesté. A demain, ma reine à moi! » ; mais si mignardes, affectées, mal dites, connes, qu'il se donnerait des gifles.

Il est de retour à sa fenêtre. Autour de la piscine, c'est Stalingrad. Il n'y a plus un engin de levage, il y en a trois. Abandonnés. Plus personne — plus un camion. Mais ceux d'hier ont suffi au désastre, la pelouse est labourée, vous avez un bourbier. Et comme d'autre part Stern n'appelle toujours pas, fait encore celle qui dort, il va au plus simple, son agent. « Jean-Louis, lui dit-il sans autre bonjour, tu me connais. Dieu sait si je suis de bonne composition, mais une chose ne passe pas : les photos. Quelle faute de les avoir gardées par-devers toi ! Comment diable ont-elles pu atterrir à la une de cet hebdo pourri ? Par quelles mystérieuses voies ? Avoue qu'il y a de quoi être troublé : que dirais-tu de faire une bonne fois le point sur nos rapports ? »

Il est dans une logique d'acteur que ce soit l'agent qui trinque chaque fois que lui-même se sent du vague à l'âme, mais ce qu'Hémon inflige aujourd'hui au sien mériterait les tribunaux. Tant de fiel confond. Hier n'était rien. Sur l'énigme des photos dix autres viennent se greffer, qui seraient toutes à fouiller, et qui le sont. Hémon les démonte une à une. Une clé suffit : trahison. N'importe quel agent encore un peu sensible raccrocherait. Il aurait tort, le meilleur est pour la fin : « J'arrive. »

En clair : tremblez, Hémon revient ! Le voyant arrêté, sans doute trouviez-vous malin de vous racon-ter qu'il ne reviendrait plus, que le ressort était cassé ; eh bien, il selle son cheval.

— Je suppose, conclut-il, que tu as un déjeuner. Annule-le. Tu as intérêt, je passe te prendre à 13 heures. Retiens trois couverts où tu voudras, mais je préférerais un endroit bien. De bon goût, pour changer. Oui, nous serons trois.

Cela dit, la surprise est pour Hémon aussi, qui n'avait pas du tout organisé sa journée en fonction de ça. Il pensait emmener Stern un peu hors Paris, projetait vaguement une partie de campagne en préface à Jersey. « J'émerge ! » se dit-il, et comment n'y verrait-il pas la conséquence de ce qu'il espère bien pouvoir baptiser un jour « l'effet Stern » ?

Il l'y voit d'autant mieux que la sonnerie retentit tout de suite après. Mais ce n'est que la baronne. Elle a gagné, son vieillard se désiste. Elle peut dire « son », c'est le baron. D'ailleurs emphysémateux comme pas deux. En toute honnêteté, ses cloisons interalvéolaires ne sont plus que trous. Les dernières bronchographies font peur. Il passe des nuits horribles. Quand il ne tousse pas, il étouffe. Dès lors imaginez le danger de Jersey en cette saison — sa pluie, ses vents — pour de telles bronches. Ce matin à l'aube, le tousseur, brisé, en a enfin convenu, et s'est rendu. C'est mieux. « Beaucoup mieux, dit-elle, même dans l'absolu : dans son intérêt même.

— Ah ! Madame, exhale Hémon de sa plus belle voix célèbre et travaillée, c'est peu de dire que vous me plaisez, vous me charmez. Soyez bénie, vous êtes ma Providence ! », non sans s'interroger sur cette propension ce matin, déjà avec sa pauvre mère, à des hyperboles éculées et gnangnan.

En tout cas le téléphone ne chôme pas, voilà qu'il a soif d'action.

Il se jette dans l'action en commandant aussitôt six douzaines de roses blanches pour bénir derechef sa bienfaitrice, dussent-elles profiter surtout au baron, peupler sa solitude.

Il revient à la fenêtre, mais brièvement : toujours cette soif d'action. Le temps de déplorer que l'averse ne mollisse pas, il retraverse la pièce à longues enjambées. « Ma belle Stern, attaque-t-il en s'attachant à ce que cela ne fasse pas trop préparé, il t'intéressera peut-être d'apprendre que pour Jersey c'est réglé, j'y vais. Et pardon si je t'ai arrachée au sommeil, je sais bien que j'étais censé attendre ton appel, mais c'est la vie qui n'attend pas.

— Quel culot, c'était toujours occupé !

— Faux : ç'a été libre de longs moments. Quoi qu'il en soit, la vie est là, qui nous attend. Nous sommes priés. Invités. Un déjeuner. Je t'expliquerai. Je serai chez toi à midi et demi, je veux te trouver prête. Donc debout soldat, et ne musons pas. Secouez-moi un peu cette nonchalance naturelle, nous partirons à moins le quart. Il s'agit d'un déjeuner plutôt impromptu, mais quand même pas du style bistrot. Enfin trêve de considérations, à tout de suite.

XXI

Jean-Louis est le meilleur agent de Paris. Pouvoir dire « Voyez mon agent, voyez Jean-Louis », tout acteur en rêve. Sa force auprès des acteurs est que les meilleurs producteurs ne jurent que par lui, et auprès des producteurs, que les meilleurs acteurs soient chez lui. Moyennant quoi très peu de films font une bonne carrière dont il ne se soit mêlé. On se bat donc pour avoir son aval, et jusque très loin d'ici. Débarque-t-il à New York, à Los Angeles, la Columbia, la Fox, la Metro, mais aussi ces nouveaux grands que sont Menahem Golam et Yoram Globus, lui déroulent le tapis. Pour eux, l'Europe, c'est lui. A tort ou à raison, mais tels sont les faits.

Tels étaient les faits depuis longtemps déjà ce matin-là, alors qu'Hémon, au contraire, Hémon débarquant à Los Angeles aurait toujours pu attendre que les gens de la Metro lui envoient une limousine à l'aéroport, et ce n'est évidemment pas rien pour un agent de se voir plus courtisé à l'échelle mondiale que sa vedette numéro un. Mais c'est aussi sur de tels faits, sur de telles comparaisons objectives, que Jean-Louis finit de faire le parallèle entre certains autres aspects de sa vie et l'enfer.

L'enfer, ce n'est pas tant d'être exposé aux délires et vociférations de deux ou trois paranos qu'on a puissamment contribué à élever au rang de star. Ce n'est même pas de devoir leur servir d'infirmier, de commissionnaire, de garçon de bain, de maman, de paillasson, de grand frère, de psychothérapeute, d'ami de cœur, etc. C'est de savoir qu'on ne les tuera pas. (Du même âge qu'Hémon, Jean-Louis, bien que plus frêle, était lui aussi un musculaire. Ce que ses muscles demandaient, généralement ils l'obtenaient.) C'est de vous découvrir incapable de les supprimer pour une question, hélas, de sentiment. Oh ! il se peut que vous mettiez du temps à vous extirper cet aveu, mais le jour où vous aurez enfin convenu que vous continuez et continuerez de les aimer quoi qu'ils disent et fassent, ce jour-là vous cesserez de compter sur vos muscles pour accomplir d'eux-mêmes le geste salvateur. Mais rien ne sera réglé pour autant, vous resterez avec votre dilemme sur les bras. Tout ce que vous aurez gagné sera de pouvoir désormais l'exprimer en termes encore plus clairs, lumineux : d'une part il serait digne et raisonnable d'étrangler Hémon de vos mains, d'autre part la loi s'y oppose, mais surtout quelque chose en vous. Et vous demeurerez extrêmement partagé.

Or ce fut un déjeuner charmant, Hémon calme au possible, comme sous tranquillisants, et la personne qui l'accompagnait bien aimable aussi. La cinquantaine, mais vraiment plaisante. Pourtant l'agent se méfiait. L'annonce qu'il y aurait un tiers lui avait fait dresser l'oreille. Il s'attendait à un tiers hostile, genre témoin à charge. Or pas du tout. Il ne sentit aucune prévention contre lui. La personne parlait peu, mais toutes ses remarques allaient dans le même sens : faites court sur vos histoires de métier.

Jean-Louis lui avait donc accordé dès le début une de ces intelligences qui n'ont bientôt plus à être prouvées, qui sont là. En fait dès les présentations, sur la foi du premier sourire. Chaleureux et plein d'humour, ce sourire disait : « Vous savez, moi je n'ai pas demandé à venir. Ma présence ne s'impose sûrement pas, mais enfin bon, faisons comme. » Du reste elle se confirma vite être une reine du non-dit, car à peine à table et sur le peu de regards qu'il est permis d'échanger en consultant la carte, le sous-texte fut : « Puisque vous et moi craignons que cela ne se gâte, vu notre ami, essayons au moins de retarder l'orage. Parlez de choses et d'autres, je vous soutiendrai. » Ainsi firent-ils, et l'entretien dut en effet beaucoup à cette Mme Stern de prendre, puis garder, un ton lisse, gommé, un peu flou, une couleur pastel.

Elle avait une grande présence, on s'en serait voulu de paraître mesquin.

Hémon, lui, disait : « J'émerge ! »

Il sortait de ce qu'il appelait son ère glaciaire.

Il ne fut long que là-dessus, mais la traversée s'achevait, les desserts déjà servis. Si près des côtes, on craint moins.

S'extrayant tout juste de fortes épaisseurs de glace sous lesquelles il avait lui-même choisi de se réfugier pour une espèce (révéla-t-il froidement) de congé sabbatique, il pensait n'avoir pas trop subi l'érosion. Il ne s'estimait pas entamé en profondeur.

Alors fini de plaisanter (sous la glace ?), il ne lui semblait que temps de se dégourdir.

De renouer.

Il allait retravailler, révéla-t-il.

Il ne vous donnait pas cela comme la nouvelle de l'année, mais il vous interdisait d'en douter.

Il ne dit pas « faire ma rentrée », encore moins « ma grande rentrée », il dit « retravailler ». Et même « reprendre le collier », si bien que Colette Stern murmura : « Un petit artisan ! »

— Tout à fait ! dit-il, et il prit pour exemple un menuisier.

Il prit un menuisier pressé de retrouver son établi après des mois d'arrêt-maladie, mais redoutant aussi d'avoir un peu perdu la main : même hâte chez lui, et même appréhension. « On ne peut décrocher, raisonna-t-il, et prétendre retrouver les choses en l'état. » C'est bien pourquoi il ne demandait pas tout de suite *Cris et chuchotements*, ou *Mort à Venise*. Il voyait de préférence un film d'ambition moyenne, qui lui permettrait de refaire, d'une certaine façon, ses gammes.

— Tes preuves, dit Jean-Louis.

— Si tu veux.

Ils se considérèrent.

Ce qui avait toujours gêné l'agent, c'était la beauté de son client, et de n'avoir jamais bien su se l'expliquer.

— Excuse-moi, dit-il en baissant les yeux le premier, je réfléchis.

De fait, Hémon avait la figure d'un peu tout le monde. Sa bouche, son nez, ses cheveux ne présentaient rien d'extraordinaire ; c'est de l'ensemble qu'il émanait quelque chose de difficile à comprendre, une beauté sans cause : imméritée. Disons un charme, et n'en parlons plus. On subissait. L'agent avait beaucoup subi. Depuis, il s'était quand même gendarmé, tout en restant sujet à des rechutes. Toujours son dilemme : il devait encore se gendarmer. Il se gendarma ainsi : « Je t'emmerde. Crève, taré ! Tu peux crever la gueule ouverte, c'est pas demain la veille que je lève le petit doigt pour toi ! », et dit : « J'en vois deux. Deux scénarios assez moyens pour que tu t'y sentes à l'aise.

— Espérons, dit Hémon. J'ai tendance à me méfier de ce que toi tu appelles moyen, ça se situe le plus souvent très bas, mais envoie-les toujours.

— Tu les liras ?

— Je les lirai. Stern aussi. D'ailleurs tu ne les envoies pas chez moi, tu les fais porter chez Stern. Nous partons demain, nous les lirons ensemble. Elle va te donner son adresse, son téléphone. Note-les bien, tu en auras besoin. Car ce n'est pas que sur ces deux scripts, c'est sur tous, présents et à venir, que je veux son avis. De façon beaucoup plus générale, sur tout choix que tu seras appelé à me proposer. Donc quel que soit le problème, prends pour habitude de le lui soumettre. Acquiers ce réflexe, on gagnera du temps. Voilà. A nous trois, on devrait en faire souffrir plus d'un. Moi, je crois. Pas toi ?

— Si, si.

— Est-ce que tu es un agent heureux ? Aujourd'hui ?

— Aujourd'hui, oui.

— Tu commençais à désespérer ?

— Un peu.

— Eh bien, remercie Stern ! conclut Hémon comme un pianiste plaque un accord, avec ce sourire violent dont Stern était encore à se demander pourquoi il ne prenait pas sur elle.

Il y avait loin du restaurant à l'endroit où était garé le break et il pleuvait toujours, mais seul Hémon n'avait pas de parapluie. Il voyagea sous le plus grand, celui de l'agent.

— Alors ? demanda-t-il après s'être arrangé pour laisser Stern aller devant.

— Quoi ?

— Elle ?

— Superbe.

— Et drôle, non ?

— Très.

— C'est plus que de la finesse, c'est de l'acuité. C'est une finesse acérée. Elle pige tout. Elle te déshabille.

— J'allais le dire, dit l'agent. Encore une fiancée ?

— Arrête ! Tu as vu l'âge ?

— Je me demande vraiment ce qui t'a pris, dit Colette Stern.

— Le bon sens, dit Hémon en mettant le contact. Le bon sens et la raison m'ont pris. Tu vas m'apporter beaucoup.

Il démarra en trombe.

— Je crois surtout que tu as voulu me faire plaisir.

— Aussi. J'aime te faire plaisir.

— Mais tu n'es pas obligé de me faire plaisir tout le temps !

— Certes, dit-il.

Il déboucha de la contre-allée au nez d'un autobus, et ce fut le bus qui freina.

Elle s'inquiéta : lui avait-elle donné l'impression de chercher un emploi ?

— Non, dit-il. Pourquoi ? Ça n'a rien à voir.

— Contrairement aux apparences, je suis une femme assez occupée.

— Lire un scénario par-ci par-là ne me paraît pas un emploi à plein temps. Je veux bien que tu aies, comme on dit, tes œuvres (il pensait à l'illustre Prédicant, aux entretiens de Bichat), mais tu dois pouvoir nous caser ça entre tes œuvres.

— Sauf, dit-elle, que j'ai horreur des responsabilités. J'ai toujours détesté qu'on me colle des responsabilités. Surtout morales.

— Je te comprends, c'est odieux, mais parfois les circonstances commandent. Vient un moment où il faut assumer. Peut-être que je suis une circonstance. Je ne dis pas une affaire, je dis une circonstance.

— Tu souhaites toujours me faire plaisir ?

— Plus que jamais.

— Alors raye deux verbes de ton vocabulaire : « assumer » et « s'impliquer ».

— OK, dit-il. Tu as pu observer que j'ai déjà rayé « par rapport à ».

Ils remontaient l'avenue George V.

— Stern aussi avait un agent, reprit Stern aux environs de la rue Marbeuf. Stern se débrouillait avec son agent. Lui, se prenait en charge.

— De grâce, dit Hémon, épargne-moi de tels rapprochements. Ne va pas me comparer à un personnage de légende. Autres temps, autres mœurs. Ton mari avait une âme forte, je n'ai qu'une âme tendre.

— Tu grilles tous les feux rouges, ou seulement quelques-uns ?

— Tous.

Il en brûla encore deux, mais pas le dernier, celui d'avant les Champs-Elysées. Il écrasa le frein. Une idée venait de le frapper, fulgurante : « Tu es très belle, mais il te manque quelque chose. » Et peu lui importa de laisser le break en double file, il en jaillit, le contourna, prit Stern sous son bras, la propulsa chez Motsch, le chapelier, où il demanda à voir des casquettes.

— Oh ! Monsieur Hémon, s'était tout de suite exclamé un vieux vendeur (sinon M. Motsch en personne). Quelle joie, quelle surprise !

— Oui, dit-il. Une casquette pour Madame, mais pas l'anglaise. Pas l'ultra-plate. Une vraie, bien coiffante.

154

La coiffe large, la visière avantageuse. Celle, si vous vous souvenez, que portait Henry Fonda dans...

— Mais bien sûr : l'irlandaise.

— Voilà ?

— Dans *Les Raisins de la colère*, dit Stern.

— Exact !

— Ce qui ne nous rajeunit pas, soupira-t-elle.

En quoi elle se trompait. Dès la première qu'Hémon lui essaya, non seulement il sauta aux yeux qu'elle était faite pour l'irlandaise, et l'irlandaise pour elle, mais le vendeur n'eut pas assez de mots pour célébrer le côté équivoque que Madame prenait là-dessous — un côté, toutes choses égales d'ailleurs, petit voyou. Avec même, le plus curieux, de faux airs en effet du Fonda de l'époque, de Fonda jeune. En tout cas de sa fille.

— Et allez donc ! dit Stern.

XXII

Jersey fut ce qu'on peut attendre si tôt dans la saison : pluie, vent, très peu de fleurs. La casquette servit. Elle se révéla vraiment le bon achat, mais exochordas et camélias demandaient encore huit ou dix jours. La compagnie regretta surtout les camélias lambertiis, qui sont blancs. Le blanc fait prime dans l'esprit des vrais amateurs. D'une ignorance crasse, mais dont il convenait, Hémon apprit au moins que les jardins blancs sont les plus beaux. Une dame Falgayrac, de Langon, lui peignit le sien comme le phénix de la Gironde : il lui faudrait venir le voir. Le rouge, en revanche, est à proscrire. Tout ce qui fleurit rouge détonne, dépare, heurte. Ainsi une demoiselle Morand, du Morbihan, le mit fermement en garde contre les avances que lui prodiguaient de leur côté les époux Raimbeuf, de Guérande ; ils ont une allée de rosiers rouges. Mlle Morand eut ce mot, qu'elle savait mortel : « On dirait une station-service, vous vous demandez où sont les pompes. » Sinon, l'entente régnait.

Curieusement, la frustration où les laissait les lambertiis tendait plutôt à arrondir les angles entre ces dix-sept hortophiles en campagne — dix-neuf avec Stern et Hémon. Ils tâchaient de la prendre gaiement.

Les piques n'allaient jamais loin, ne sortaient pas des jardins.

La plupart étaient de grands bourgeois, les autres de petits et moyens aristocrates. Ils savaient se tenir, quitte à se retenir. Compter Hémon dans leurs rangs et pouvoir l'appeler Francis ne leur montait pas à la tête. Pas une fois ils ne le poussèrent particulièrement sur le cinéma. Ils avaient leur culture à eux : fleurs et plantes, puis basta.

Hémon ne croula pas sous les demandes d'autographes. Il n'en reçut qu'une, des Raimbeuf, et seulement parce qu'une de leurs petites-filles les tannait chaque soir au téléphone pour une photo dédicacée. D'autre part, la baronne n'était pas le dragon qu'on aurait pu craindre. Elle ne se montrait assez stricte qu'avec Stern. « Madame la grande dame, lui balançait-elle parfois, la loi est la loi : quand je dis telle heure, c'est telle heure. » Et même, un matin : « Si vous vous couchiez plus tôt, sans doute feriez-vous moins attendre tout le monde. » Mais cela fut jugé un peu fort, puisque aussi bien Hémon logeait à l'autre bout du port. Le baron lui avait laissé sa place, pas sa chambre. La chambre retenue pour les Vaurs à l'hôtel *Rovere*, point de chute de tout le groupe, c'est la baronne qui l'occupait. Hémon, elle avait dû le mettre au *Saint Peter*, trois cents mètres plus loin. Voilà l'explication.

Trois cents plus trois cents égalent six cents, six cents plus six cents, un kilomètre deux cents. Encore Stern et sa star se satisfaisaient-ils rarement de deux *Rovere-Saint Peter* et retour. C'était souvent trois, et par un temps !... (Bien équipés, il est vrai : elle sous son irlandaise, les deux dans de vastes cirés jaunes achetés en catastrophe à la coopérative des marins-pêcheurs ;

Hémon rien sur la tête, mais par un préjugé du même ordre que celui qu'il nourrissait contre les cravates.) Se parlant de quoi ? De broutilles. De littérature.

Et c'est là, au cours de ces équipées nocturnes, qu'Hémon se confirma comme ayant pas mal lu. Il s'en était vanté dans le train, mais c'était vrai. Il s'en était vanté pour dire tout le bien qu'il pensait de son ex-femme, et comme elle l'avait aidé à ne pas vivre idiot. Il ne reparla pas de Maïe en sillonnant ces quais de Saint-Hélier, mais le résultat demeurait hors de doute : il ne s'enflammait que pour de bons livres. Il s'enflamma pour Joyce et Daniel de Foë, puis pour Queneau, avec des détails qui ne trompent pas. Puis pour Bove, que Stern ignorait.

Il en fit beaucoup sur Bove. Donc Stern le poussa sur Larbaud, pour voir, et en fut pour ses frais. Il lui résuma vite et bien non seulement *Fermina Marquez*, mais *Rachel Frutiger*, et l'injustement méconnue *Rose Lourdin*. Enfin l'on ne passe pas par le Français impunément, il savait des tas de vers par cœur. Il en connaissait même cinq ou six de Larbaud, figurez-vous, qui n'en a pas écrit tellement. Il connaissait, d'une part :

« Lorsque je serai mort depuis plusieurs années,

« Et que dans le brouillard les cabs se heurteront »,

d'autre part :

« Vivre dans un coin des cent mille replis d'une ville,

« Comme une pensée criminelle dans un cerveau,

« Et pouvoir acheter tout ce qu'il y a dans les boutiques », ce qui lui valut encore du galon. L'acteur put dire merci à sa mémoire, car ce qui charmait Stern (Colette Stern née Bureau, Bureau des Etivaux : pour une fois disons Colette), ce qui l'enchantait bien plus que les jardins dans cette île où elle n'était encore jamais venue, était que Larbaud y fût venu souvent. Cependant elle ne mentionna pas les deux cartes qu'il lui avait postées de Saint-Hélier, l'une en 1933, l'autre en 1935. Avoir ensuite à expliquer qu'elle n'était alors qu'une toute petite fille lui parut la barbe. Chacun ses faiblesses.

Celle d'Hémon était de vouloir l'embrasser. Mais ce sont des quais notoirement inhospitaliers, toujours quelque chose se mettait en travers. Tantôt le pavé inégal forçait Stern à un pas de côté, tantôt elle ne pouvait remettre d'éternuer, tantôt une bourrasque plus forte lui tirait un cri, et lui, pas dupe, récitait alors, lançait contre vents et embruns, déclamait avec une belle constance :

« Amie, bien souvent nous nous sommes interrompus dans nos caresses »,

présentant cela comme encore un vers de Larbaud ; mais « l'amie » se permettait d'en douter, le trouvant très en dessous des autres, pompier et mirliton.

On se rendit à Sark par assez grosse mer. C'est un îlot rocheux où les bateaux n'accostent pas. Arrivant de Jersey par celui qui assure la liaison avec Guernesey, il faut sauter dans une barcasse qui vous mène à un ponton. Certes on vous aide, mais vu la mer et l'âge

159

moyen du groupe, Hémon fut d'avis que les quatre Sarkois préposés au transbordement auraient de l'ouvrage. Il avait sauté le premier, les snobant. Or, le temps de faire volte-face pour tendre les bras à Stern, elle était déjà deux mètres plus loin, et sautait. Toute seule, à l'insu des Sarkois, et elle se reçut comme une fille de vingt ans.

Cette image-là restera à Hémon.

Guernesey ajouta peu.

Sur trois jardins qu'ils y visitèrent, deux péchaient par excès de jaune. Le jaune n'est pas rédhibitoire, des jonquilles s'acceptent, mais pas trop ne faut de forsythias. Le forsythia fait commun, c'est l'arbre des gardes-barrières. Hémon, qui venait de complaisamment vanter ceux de sa pelouse, si jeunes et déjà si vigoureux, se sentit morveux.

Toutefois il y eut plus agaçant. Une visite était prévue à la maison de Victor Hugo. Annulée ! A force de traîner dans ces trois jardins afin de bien apprécier, au-delà des forsythias, les caractéristiques architecturales de chacun (on dit « architecture »), le temps manqua d'ici au bateau du retour. Hémon en fit presque une crise. Ils dévalaient alors vers le port par une ruelle en pente. La baronne eut ce qu'elle méritait comme organisatrice se posant là par sa nullité. Bénévole, mais nulle.

— Chut ! fit Stern.

— J'ai tort ? C'est ça, dis que j'ai tort !

— Calmons-nous.

— Je suis calme, posa-t-il en principe. Evidemment

160

ce n'est pas Larbaud, ce n'est qu'Hugo, mais quand même !

Et il partit devant, l'air de vouloir y aller seul, chez Hugo.

L'air de dire : « Je me bats l'œil de votre bateau, il y en a d'autres », mais Stern lui courut après, car justement il n'y en avait pas d'autres avant demain. Elle se pendit à son bras. Tous virent bien qu'elle ne se contentait pas de le raisonner, qu'elle le suppliait. Tous comprirent qu'elle ne supportait déjà plus la perspective d'une soirée sans lui à Jersey : elle lui couvrait la joue de petits baisers.

Alors il y eut un cri.

Ils se retournèrent.

C'était la dévote de *La Coupole*, la doyenne de la secte, celle qui avait dit « A samedi », sans du reste s'être beaucoup manifestée depuis.

Elle restait figée, toute pâle.

Pâle comme la mort d'avoir vu ce qu'elle venait de voir, cette offense à Stern (l'autre), ce sacrilège.

Elle s'était soi-disant tordu la cheville.

— Dieu veuille, dit Colette Stern, que tu ne te sois pas fait une entorse.

On les savait amies, mais la vieille lui roula des yeux !

XXIII

Le retour sur Paris fit encore un blessé.

Hémon : Prédicant attendait Stern à Roissy.

Des violettes à la main, l'homme fort de la cardiologie française attendait dans un de ces amples imperméables verts à épaulettes que tant de films de guerre US ont fait rimer avec bravoure, intrépidité, virilité. Mais sur lui, pauvre bonhomme, c'était raté.

Déjà hâve, le teint plombé, il paraissait encore plus vert dans ce vert. Et quelle idée aussi d'arborer ses rosettes là-dessus ! Sur un trench-coat ! Hémon trouva cela triste. Comme quoi l'Académie de médecine ne prouve rien. On peut en être et ignorer les rudiments. Hémon, lui, n'hésita pas sur le diagnostic : démence sénile. Bref, Prédicant eût été seul à attendre son idole, il les aurait sans doute laissés, lui et son idole, à leurs violettes : « Jouez, mes enfants, jouez donc. » Mais ils étaient trois.

Les deux autres avec des violettes aussi. Circonstance aggravante, jeunes. Plus jeunes qu'Hémon, cinq ou six ans de moins. Et pire : déjà célèbres. Hémon les connaissait de nom, même vaguement de visage.

L'un était écrivain, l'autre compositeur. Le premier assez beau, très grand, le second Vietnamien, tout petit. Favori pour le dernier Goncourt, le grand avait eu le Médicis ; couvé par Xenakis, le petit passait pour apporter du nouveau dans la musique sérielle. Oh ! certes les gens ne se retournaient pas encore sur eux, Hémon les battait encore de loin, mais ce qui l'embêtait était qu'il y eût malgré tout un peu compétition.

— Excusez-moi, dit-il, je n'ai pas la résistance de Stern, Jersey m'a tué, je rentre. Bonne fin de soirée !

— Pas question, dit Stern, tu viens aussi.

— Où ça ?

— Chez moi.

— Quoi faire ?

— La fête.

— Quelle fête ?

— N'exagérons rien, dit Prédicant. Un petit souper. Mais pour vous. Juste pour vous, mon cher !

Hémon n'en peinait pas moins à comprendre : souper que « notre amie » aurait préparé de là-bas ? Au téléphone ?

Eh bien, oui. « Mais nous avons un bon traiteur », gazouilla le Vietnamien.

« Nous » ? Hémon en fut à se demander s'ils vivaient ensemble, avenue de Tourville. En phalanstère ?

— Tu aurais pu me prévenir, dit-il à Stern, car l'idée le mordait tout à coup de Stern ne le quittant chaque nuit devant le *Rovere* que pour courir appeler l'un des trois.

— Bien sûr que non, dit-elle, où eût été la surprise ?

— Qui aime bien surprend bien, dit Prédicant. Cherche, en tout cas.

Hémon le regarda de nouveau comme un pauvre hère : « Parce que vous aussi, Monsieur le Professeur, vous avez prêté vos bons offices ? Mis la main à la pâte ?

— Malheureusement pas, j'étais à Boston. Je débarque. Je " conférençais " à Boston après avoir " séminarisé " à Houston. Vous savez comment Stern me surnomme ? Le bourlingueur !

— En attendant, dit Hémon pour dire quelque chose, il va nous falloir deux taxis.

— Pas du tout, rétorqua le romancier, nous sommes venus dans l'auto de Stern.

— Tous les trois ? En convoi ? attaqua Hémon, s'animant enfin. Vous, vous n'en avez pas ?

— Si. Mais la sienne est grande. Or nous sommes cinq, et les bagages.

— Alors là, bravo ! lança Hémon, très sombre. Quel sens de l'organisation ! Ma chérie, je ne savais même pas que tu avais une auto. Tu ne me dis rien.

— Il suffit de demander, dit-elle. Tu demandes, je dis. »

Elle rayonnait parmi ses hommes.

En route vers la voiture, Hémon dut se battre pour arracher sa valise au minuscule Indochinois qui se coltinait déjà les deux de Stern, plus des boutures qu'elle avait chapardées dans les jardins. Ce presque Xenakis n'aspirait qu'à un titre : coolie de la reine. Sur

164

quoi Hémon s'assombrit encore. Allait-il écoper lui aussi de fonctions à la Cour ?

C'était une Jaguar blanche, vieille de sept ans, mais encore dans son neuf.

Le grand Stern se l'était offerte deux mois avant de disparaître, sur un coup de cœur : son dernier caprice. Stern l'avait donc conservée, bien que n'ayant pas besoin de si grand.

Elle prit le volant.

Hémon se mit derrière, pour pouvoir lui caresser l'épaule.

Elle conduisait souplement, mais pied au plancher, fixée sur le cent quatre-vingts, et slalomant. Le temps de le dire, on fut à Saint-Denis.

Avenue de Tourville, Prédicant se jeta sur le champagne. Le déboucher devait être son privilège de Cour. Il l'exerça, puis fit l'enfant. Il fredonna « Stern est revenue, Stern est revenue » sur un air qu'il chérissait depuis bébé, *La Cucaracha*. Sa mère le lui chantait. Il se rappelait aussi très bien *Le plus beau tango du monde, Bohémienne aux grands yeux noirs*, presque tout Tino Rossi.

— Maman, expliqua-t-il, avait des côtés nettement midinette. Ah ! je suis bien son fils ! Père, lui, était gastro-entérologue.

Hémon refusa le champagne. « Mais où est Stern ? » demanda-t-il. Elle avait disparu.

Elle n'était que dans sa chambre, d'où elle sortit peu après, un livre à la main, lisant :

« Amie, bien souvent nous nous sommes interrompus dans nos caresses,

« Pour écouter cette chanson de nous-mêmes.

« Qu'elle en disait long, parfois,

« Tandis que nous nous efforcions de ne pas rire ! », et caetera... Pardon, mon Francis, d'avoir douté de toi, c'était bien de lui.

Elle ne l'avait encore jamais appelé par son prénom. Elle ne l'appelait pas. L'adjonction de « mon » à Francis sidéra Francis : il crut entendre tinter les vitres.

Après cet instant de pur charme, la soirée s'accepta.

D'ailleurs Prédicant s'éteignit doucement. Houston-Boston-Paris devait lui peser dans les bottes. Et l'écrivain n'en installait pas, se bornait à de petites choses fines. C'était son registre. S'embarquait-il dans de plus longues phrases, il s'embrouillait. On le sentait encore un peu juste pour l'emploi de grand écrivain. Quant au Vietnamien, il n'était que rires et prévenances. En outre, ils avaient l'air de bien s'entendre, tous les trois : rien de courtisans enclins à se bouffer le nez. De bout en bout régna un bonheur tranquille, auquel Hémon à la droite de Stern, genou contre genou, cuisse à cuisse, aurait eu mauvaise grâce de ne pas se prêter, avec tout le bien qui se disait de lui.

La découverte de l'homme ne faisait que confirmer l'admiration qu'on portait à l'acteur. Elle la nuançait de tendresse, sans l'affadir. « Encore n'imaginez-vous pas, dit Stern, le merveilleux compagnon qu'il a été là-bas. » Voilà un diplôme. Hémon le préféra à tous les autres. Il y retrouvait les quais de Saint-Hélier, et s'il lui arrivait encore à Saint-Hélier, retour des quais, de présumer un rien hors-norme ce qu'il éprouvait pour une femme honnêtement plus de première jeunesse, cet aspect de leur situation lui resta ici tout à fait en arrière de la tête. Quand il revoyait la façon dont après lui avoir rendu justice sur « Amie, bien souvent... » Stern l'avait embrassé, tenu contre elle, il ne pouvait plus guère douter d'être enfin, comme dit le bon peuple, « payé de retour ». Il se rangea gaiement à cette formule, sans y mettre les guillemets. Le peu d'ironie qui lui restait, il le réserva à l'homme en général : « Nous sommes quand même de drôles de bêtes. »

Il fallut attendre une heure du matin pour que Stern bâille enfin, et alors le Vietnamien se chargea de rapatrier les hommes en Jaguar.

L'écrivain habitait rue Servandoni, Prédicant à la Muette. Ils furent déposés dans l'ordre, mais ensuite Hémon put bien représenter que lui c'était trop loin, crier « Laissez-moi à un taxi », l'Asiate, décidément un être exquis, rit.

Rire faisait sa force. Porte de Saint-Cloud, à diverses considérations sur la vraie nature de Prédicant (« Bon zigue, c'est sûr, lui accordait Hémon, mais quel benêt ! Ne soyons pas méchants, disons benêt. Combien d'âge mental ? Dix ans ? »), il répondit « Oui, oui », et il rit.

Sur l'autoroute : « Votre autre ami, je vous avoue

que je ne le cerne pas. Je n'ai encore rien lu de lui. Est-ce que ses romans lui ressemblent ?

— Oui, oui », et il rit.

Dans Versailles, à brûle-pourpoint, Hémon :
« Stern ! Ah ! Stern !...

— Oui, oui », et il rit.

A la sortie de Versailles, Hémon, affinant sa pensée :
« Stern... Stern et sa Cour. Stern sûre d'elle et dominatrice. Car faisons la part du charme. Elle en a. Dieu, qu'elle en a ! Mais des tas de femmes en ont. Donc la question que je pose, moi, est : qu'a-t-elle en plus, elle, qui nous... allons-y franchement ? subjugue. Vous ne vous sentez pas subjugué, vous ?

— Oh ! si ! », et il rit.

A Corcelles : « Vous savez ce qui me ferait plaisir ? Qu'on se tutoie. Tu veux bien ?

— Oh ! oui, et il rit.

— Alors tu t'arrêtes en bas de la côte. Juste une seconde.

— C'est ta piscine ? »

La piscine brillait dans la nuit. Hémon l'avait repérée de loin au cône doré qu'elle diffusait vers les nuages. Probablement pour célébrer le miracle de sa résurrection, les réparateurs avaient laissé allumées les six puissantes lampes encastrées dans les parois. L'eau, d'un bleu irréprochable, miroitait comme aux plus belles nuits de l'été passé.

Ils avaient même sorti la pieuvre. Programmé pour gober feuilles et insectes avant qu'ils n'aillent souiller le fond, ce gros robot pataud s'affairait comme s'il y avait déjà eu des mouches. Ses allées et venues intriguaient, hésitantes et soudain décidées. « Mais sur quoi elle fonce comme ça ? demanda le musicien. — Aucune idée. — Il doit bien y avoir un... un stimulus ? — Sûrement », dit Hémon, mais impossible d'y aller voir, une barrière de plastique jaune et rouge interdisait l'accès. Tout ce pourtour dévasté en profondeur six jours plus tôt, bon à jeter, avait été hersé, ratissé ; d'ici peu le gazon pointerait. Une part d'Hémon s'en réjouit sincèrement, sa part bon voisin, d'ailleurs coresponsable.

— Ce n'est pas ma piscine, dit-il. Ne me prends pas pour un nabab, c'est la piscine de tout le monde. Ma maison est là-haut. Viens, on va boire le dernier. Tu as le temps ?

— Oui, oui.

Ce fut du lait chaud pour le compositeur, de l'eau de Vichy pour l'acteur, avec une goutte de sirop de fraise.

« Ta maison est belle », dit le Vietnamien, et pour la première fois depuis des mois Hémon ne la trouva pas déshonorante. Des adjectifs tels que « vaste », « bien conçue », « d'un équipement raffiné » revinrent en force. Egalement « bien tenue ». Il est vrai que sa Mme Morel, si criticable par ailleurs, ne ménageait pas la cire. Tout brillait. Cependant cela allait un peu au-delà, comme si la maison elle-même, d'elle-même, eût tenu à se mettre sur son trente et un pour le retour du maître qui ne l'aimait plus.

— Est-ce que tu as déjà éprouvé ce sentiment, demanda le maître ingrat, cette indéfinissable impression d'être à un tournant de ta vie, un tournant dont il n'est écrit nulle part que tu le prendras, mais que tout a l'air de s'arranger pour te faire prendre ? Avec des espèces de clins d'œil, tu vois. Une espèce de complot général : choses et gens. Jusqu'aux choses, tu vois.

— Tout à fait. Je vois tout à fait, dit le Vietnamien en riant à son lait.

XXIV

Afin de récupérer et de Jersey et du souper, les deux parties avaient sagement décidé de dormir le lendemain toute la matinée. Le rendez-vous n'était qu'à 15 heures, et non pas, comme avant le voyage, chez Stern, mais directement devant une petite salle du haut des Champs-Elysées qui donnait encore, deux ans après, le dernier film d'Hémon, un triomphe. Hémon arriva à moins dix, fébrile. Ce film, tout le monde l'avait vu, sauf Stern. Vous aviez d'un côté une marée humaine (un million six cent mille entrées rien que sur Paris-périphérie), de l'autre Stern, toute seule. Il avait le trac.

Non qu'il mît Stern sur un piédestal. La seule femme qu'il eût jamais mise sur un piédestal s'appelait Maïe. Stern, il la mettait simplement à part. Elle n'était ni sa Mathilde de la Môle, ni même sa Mme de Staël. Le problème ne se posait pas en ces termes. S'il la mettait à part, c'était d'abord au titre, sans voir plus loin, de femme pas ordinaire, un peu le contraire de tout le monde. Elle aurait été comme tout le monde, il s'en serait moins fait.

— J'ai le trac, avoua-t-il juste après le générique.

— Ah! tu aurais tort, dit Stern en lui prenant la

main. Crois-moi que tu bénéficies d'un sacré préjugé favorable ! Et maintenant on se tait. On regarde.

Ce n'était qu'un polar, mais soigné. L'histoire se tenait, les dialogues aussi. Hémon s'y promenait. Il jouait un chef de gang, et tout passait par lui. Une scène dont il n'était pas, l'intérêt faiblissait. Il caracolait, avec de ces répliques comme on n'en donne à dire qu'aux stars, mais qu'il disait, lui, en acteur. D'une certaine façon, il écrasait le film. Il se déplaçait, souple et félin, époustouflant d'aisance, de grâce. N'importe qui à la place de Stern eût été époustouflé, et sans doute le fut-elle à quelques moments. Dur et drôle, il prêtait à son personnage une forte intériorité. On avait vite perçu un truand d'un esprit de beaucoup supérieur à sa condition. D'ailleurs il le payait. Ulcérés d'être traités comme des minus, ses deux lieutenants, des minus, ne rêvaient que de le descendre, mais comment ? Lui si grand, les dominant de si haut. Dans la dernière demi-heure, ils firent ce qu'on redoutait, s'aboucher avec des flics de l'anti-gang, guère des lumières non plus, et sa fin fut terrifiante. Flics et voyous ne se lassaient pas de mitrailler son pauvre corps. Ils le scièrent en deux. Stern lui griffa la main.

— Eh bien, c'est bien, dit-elle. Non, c'est bien.

C'était l'heure du thé. Ils allèrent le prendre à deux pas. Stern fit l'analyse suivante : Hémon était un grand, mais elle ne raffolait pas du film.

Au premier chapitre, Hémon, elle dit l'avoir toujours rangé parmi les très bons acteurs de sa génération, mais un peu, si l'on veut, par ouï-dire. Elle faisait partie de ces personnes qui, tout en aimant bien le cinéma, n'y sont pas tout le temps fourrées. Elle avait donc des manques. Entre autres celui d'avoir ignoré jusqu'à aujourd'hui qu'Hémon n'était pas seulement bon entre les bons, mais de loin le meilleur. Le grand. « Oui ! » soutint-elle : il avait eu une moue dubitative. Cependant une petite fille avançait vers leur table, poussée par sa maman en vue d'un autographe.

Au second chapitre, le film, Stern comprenait qu'Hémon eût connu ce qu'il appelait son « ère glaciaire » après, justement, ce film. Le succès est une chose, un succès pour de mauvaises raisons en est une autre. Lui, tiqua. Sans vouloir citer de chiffres, il mit plutôt la différence entre succès ordinaire et triomphe à vous laisser pantois — il dit « raz de marée ». Car le public est notre maître. Ses raisons sont ce qu'elles sont, mais sont. « D'accord, dit Stern, convenant même que faire un peu quelque chose d'une si petite chose relevait à l'évidence de l'exploit. Mais où est l'intérêt ? demanda-t-elle. Pour toi, s'entend. Du début à la fin, tu m'as eu l'air en visite. N'importe quel acteur aurait fait l'affaire. Pourquoi être allé te chercher, toi ? — Sans doute, hasarda-t-il, parce qu'eux aussi, à l'époque, me jugeaient un poil moins mauvais que pas mal d'autres. Je suppose. Mais si toi — toi, Stern ! — tu pousses l'indulgence jusqu'à me trouver légèrement sous-employé là-dedans, je ne qualifierai pas l'expérience d'entièrement négative. Pour moi, s'entend. — Ah ! tu parles ! » fit-elle. Elle le trouvait utilisé au dixième, au centième, de ce dont on le sentait capable dans un film décent. Elle dit « décent ».

La petite fille attendait depuis un moment déjà. « Non ! » lui jeta sèchement Hémon, puis à Stern : « Oui ?

— Si ça ne te fait rien, dit-elle, on va s'en tenir là : je crois t'avoir lancé assez de fleurs.

— Trop ?

— Je ne sais pas. La suite le dira.

— Tu as des doutes pour la suite ?

— De petites craintes, dit-elle. L'autre jour, qu'est-ce que tu réclamais à ton agent ? Des scénarios " moyens ". Je les ai lus.

— Quand ?

— Les deux, dit-elle. A mon avis, tu ne devrais pas être déçu. Je peux me tromper, je manque d'expérience, mais ils m'ont paru voler encore un peu plus bas que ce que nous sortons de voir.

— Mais quand ? insista-t-il. A Jersey ?

— Oui. Le soir.

— Au milieu de la nuit ? On se quittait, et toi, tu...

174

— J'avais promis, non?

— Tu es quelqu'un de rare! s'exclama-t-il, comme s'il le découvrait. Une merveille, permets-moi de te dire.

Mais elle ne le voyait pas sans qualités non plus.

— Je sers, demanda-t-il, ou je laisse encore infuser?

— Non, tu sers.

Fébrile, ne vous mêlez pas de servir le thé. Sa main ne tremblait pas énormément, pas comme une feuille, mais Stern ne la quittait pas des yeux, et il se souvint de lui-même au temps maudit d'Alexandra Leonard, aux pires moments de la guerre opposant le Four Roses au Glenfiddich, lorsqu'il essayait d'apprécier sans tricher si sa main fermement tendue devant lui en pleine lumière tremblait de façon déjà catastrophique, ou encore acceptable. Si bien qu'en reposant la théière il partit de son fameux rire, celui dont Stern était toujours prête à affirmer qu'il n'ajoutait rien à son charme, mais là elle sourit. Et lui adora ce sourire où la langue pointa, se collant même une fraction de seconde à la lèvre supérieure.

— Que c'est bien, soupira-t-il, d'être dans ce rapport avec toi: ce rapport malin. Quel bonheur!

Stern le laissa dire. D'un caractère assez braqué contre les sucreries, elle laissa passer celle-ci, n'en étant déjà plus, il est vrai, à se cacher d'être émue quand il y avait lieu, ni même à le cacher. Jersey avait fait son œuvre.

Malgré quoi l'heure tournait, et Stern dînait en ville.

Elle avait accepté dix jours plus tôt ce dîner chez des gens qui n'habitaient même pas en ville, qui demeuraient à Fontainebleau. Il y a dix jours elle ne le connaissait pas encore, mais Hémon gardait un peu sur le cœur qu'elle ne se fût pas décommandée depuis le train, plus d'une semaine. Pourtant il ne discuta pas le délai de route. Elle prévoyait une heure, mais l'on était vendredi, et lui il prédit largement plus (et bien du plaisir !) dans les bouchons. Alors qu'en fait, ces bouchons, il les bénissait. Sur ce qu'il avait connu la veille au soir du couple Stern-Jaguar, ce n'est pas l'aller, c'est le retour qui le souciait. « Promets-moi, jure-moi, supplia-t-il, de ne pas dépasser le cent soixante. » Elle jura, mais il l'entreprit sur autre chose : quand, bon dieu quand, le tiendrait-elle enfin pour quelqu'un de montrable ?

De sortable.

Stern rappela quand même Jersey : elle l'avait caché ?

— Jersey ne compte pas, dit-il, c'était en groupe. Car renseigne-toi, cela se fait de plus en plus aujourd'hui d'annoncer qu'on sera deux. A supposer que tu te sentes deux, naturellement. Pour peu que tu te sentes deux, les gens comprennent très bien. C'est entré dans les mœurs. Vis avec ton temps !

Mais chante donc.

Il put chanter.

Resté seul, seul et abandonné sur l'asphalte parisien après bientôt deux ans de grande banlieue, il se sentit beaucoup, en effet, ce que Stern disait, un ours.

Que faire ?

La nuit était tombée et l'ours voulait rentrer.

Un ours se fout d'être largué, ça l'arrange ! Rentrons, répétait-il, et scions.

En nocturne ?

Pourquoi pas ? C'est déjà arrivé.

C'était arrivé une demi-douzaine de fois, sous la lampe du garage.

En outre Hémon s'apercevait que plus il avait eu ses habitudes dans tel bar, tel club, plus ce bar, ce club lui répugnait, du seul fait qu'il ne les y avait plus. Il se mettait entièrement au passé. En toute logique, il se traita de *has been*. Du reste comment ne pas remarquer que fendre la foule des Champs-Elysées sur le coup de sept heures du soir était loin de lui poser les mêmes problèmes que seulement six mois plus tôt ? On lui souriait, on ne l'arrêtait plus. « OK, dit-il à l'ours, c'est toi qui as raison, je crois que je vais me tirer », mais alors il aperçut une cabine. « Attends », dit-il, et bêtement (innocemment, par acquit de conscience) il appela la seule habitude qui lui restât, Julia Sanvoisin. Elle répondit aussitôt. Elle lui dit « viens ». Déjà épaté qu'elle ne fût pas à chiner « dans la Bretagne » ou ailleurs, mais encore plus de son « viens », il vint. C'était tout en haut de Montmartre, au dernier étage du plus haut immeuble avant le Sacré-Cœur : quelle vue ! Julia l'attendait avec pas grand-chose sur elle. Elle l'accueillit comme s'il ne lui avait jamais donné que du bonheur. Il fila tout de suite admirer la vue. Elle se mit entre la vue et lui, pour l'étreindre. Elle l'étreignit aussi violemment que chaque fois, sans allusion aucune à son « péché mortel ». Lui, qui lui avait quand même dit ce qu'il lui avait dit l'autre matin au téléphone, envoyé ce qu'il lui avait envoyé de Clermont-Ferrand, voulut croire qu'elle crânait. Elle était une femme forte, une commerçante. Il la savait capable de ne vous faire payer que longtemps après, de ne vous fusiller qu'à son heure. Ils couchèrent, puis dînèrent, mais quand enfin elle mentionna l'agression, ce fut pour lui retirer beaucoup de sa portée. « Une crise, dit-elle. Une de tes petites crises, et tellement toi, tellement dans ta ligne, que j'en ai été, écoute, soulagée. » Depuis le temps qu'elle le voyait tirer sur tout ce qui bougeait, il fallait bien qu'elle aussi y eût droit. Eh bien, c'était fait, et ils se recouchèrent. Elle était réellement belle. Encore plus, si possible, dans l'amour. Ce n'est pas le cas de toutes les belles. Certaines y perdent un peu — ne confirment pas. Julia, vraiment, l'amour lui ajoutait. L'emportement lui allait. Hémon aurait pu se demander pourquoi, au nom de quoi, il tentait depuis Stern de se débiner cette beauté, cette fixation au plaisir, cette plénitude. Il préféra éviter. Il recoucha sans se casser la tête, mais ce fut encore un coup de trois heures du matin.

XXV

Le lendemain, Hémon dort.

Il dort du sommeil du juste — d'un sommeil de bébé, d'ange, de sonneur, ce ne sont pas les expressions qui manquent. « De bûcheron » collerait aussi, et pour cause, mais comme il n'a pas attendu de scier pour dormir de la sorte, tant vaut dire tout simplement « de musculaire » : le sommeil réparateur du musculaire. Pas plus tôt la tête sur le traversin, il plonge, sûr de ne refaire surface que six ou sept heures après, et exactement de la même façon : à la seconde. Il laisse des draps comme s'il n'y avait pas couché. Avant de s'être dit qu'il va se réveiller, il a déjà sauté du lit. Il ne se le dit que debout. C'est fini. Il est réparé.

Ce samedi sera l'exception. Il ne se réveille pas, on le réveille. Des femmes, lui a-t-il semblé. Plusieurs femmes criant sur sa pelouse. C'est très pénible. Tout grand acteur vit sous une double hantise : les photographes (aux aguets) et les admiratrices (nympho-manes). L'écran du réveil saute de 9.11 à 9.12. On crie de nouveau. Ce ne sont que des enfants, mais il s'en passerait.

Ces cinq petits Laguillermie, c'est tout le village qui s'en passerait, il y a eu une pétition. On plaint les parents. Mais eux se plaignent qu'on ne leur ait pas soumis la pétition, ils l'auraient signée. « En tout cas nous signerons la prochaine », dit Eric, persuadé qu'il y en aura d'autres. Il la signera et la poussera. Tout à fait conscient qu'un maître des requêtes au Conseil d'Etat ne peut se permettre des enfants pareils, surtout cinq, voilà une affaire, assure-t-il, où il est prêt à requérir lui-même contre lui-même le maximum que le Conseil accorde pour trouble de jouissance. Mais il ne garantit pas l'avenir : sa dernière n'a que huit ans. Quant à les mater, il vous prévient tout de suite que c'est de moins en moins dans ses cordes. « Si tu les vois surgir en meute, avait-il prévenu Hémon dès le début de leur amitié, fuis ! S'ils te rattrapent, frappe. Si tu es forcé d'en tuer un, tues-en un. Tâche seulement que ce ne soit pas le garçon. Lui, la puberté peut encore l'amener à des sentiments vaguement humains. Les filles, non. Je te parle en père tendre et aimant : elles, c'est exclu. Les quatre. »

Au moins a-t-il l'air de faire beau.

Les volets à l'ancienne craquent et grincent comme si leurs gonds avaient bel et bien rouillé un demi-siècle de temps sous des pluies américaines. L'illusion est parfaite, et il fait un soleil radieux.

Juché sur le mur de bûches, le garçon braille :

« Tennis ! » ; les filles, vautrées en rond sur le gazon :
« Feignant ! Francis Machin ! Frankenstein ! Francis-
con ! » ; Eric, enfin, œil et moustache frisant de
concert : « On joue ! On peut : je brique depuis hier, le
quick est nickel et tu déjeunes à la maison. »

Hémon craint que non, il déjeune à Paris. Mais
jouons.

C'est vite expédié. En deux sets secs, Eric mesure
toute la distance qui sépare encore son service faiblard
et ses volées mollassonnes d'un vrai service-volée.

Assis maintenant à même le quick vert, ils considè-
rent leurs cuisses rosies par l'effort. Celles d'Eric sont
courtes, relativement fluettes, celles d'Hémon sont
longues, pleines, fuselées. Autour d'eux Corcelles
s'active et bruit. Le samedi, les hommes sont là.
Hémon dit :

— Ce déjeuner...

— Oui ?

— Tu as vu le soleil ? s'enthousiasme-t-il après un
résumé en deux phrases.

— Pas encore.

— Je t'ai réveillée ?

— Non. Je lisais.

— Tu es rentrée tard ?

— Pas trop. Vers une heure.

— Alors moi, que veux-tu, voyant ce soleil...

— Je t'ai appelé, dit-elle, à une heure dix. (Un
temps.) Personne.

Un autre temps.

— En effet, dit-il.

Voyant, quoi qu'il en soit, ce soleil, donc trouvant la campagne quand même plus indiquée que Paris, et puis se sentant (lui, quant à lui !) deux, il a dit « nous serons deux ». Sautant, ne vous en déplaise, sur l'occasion, cette invitation de gens, soit dit en passant, charmants.

— Ça ne me déplaît pas du tout. J'arrive.

— Ah ! non, je viens te chercher.

— Pas question. Toi, tu retournes jouer avec ton petit camarade. Si c'est fléché, je trouverai. Tu m'as bien dit un jour que c'était fléché à partir de Saint-Nom ?

Il lui confirme les flèches, et n'insiste plus que pour la forme, trop heureux. Non pas, certes pas, de s'éviter le voyage, mais d'une espèce de magie qui semble vouloir s'instaurer sur ce samedi.

Une demi-heure plus tard, douché, rasé de près, étrillé, il travaille à froisser une chemise de lin jamais portée à seule fin de lui donner un air déjà porté. « Mon gars, se dit-il, je commence à croire que tu as un grain », puis, toujours froissant, il appelle sa mère, qui va superbement aussi. D'une part ils ont le même soleil sur l'Auvergne, d'autre part elle espère une visite : Mme Bonneau, avec du lilas. Sa chère Mme Bonneau lui a promis le premier lilas de son jardin.

— Que c'est bien ! dit Hémon.

— La dernière fois, c'étaient des violettes.

— Eh oui, dit-il, et maintenant du lilas.

Un quart d'heure avant l'heure, il attend la Jaguar blanche à l'entrée de Corcelles, sur un banc.

D'ici on peut constater que Van Horne et Zack n'ont pas sacrifié tous les arbres qu'ils avaient trouvés en arrivant. Il reste quelques résineux. C'est bien.

En face du banc se dresse un panneau dont Hémon ne connaît que trop le texte : « Gardons notre village propre. » Mais il est d'accord.

Passent bientôt, à bicyclette, deux Corcelliens parmi les moins buvables, et leurs dames. Or, il les salue.

Question : puisque tu attribues dix ans d'âge mental à Prédicant, toi ce serait combien ?

Réponse : pas beaucoup plus. Si tu veux mon avis, c'est Stern qui nous infantilise.

XXVI

Ce fut un succès, Stern plut énormément.

— Elle a une telle vie, dira Henriette Laguillermie le soir même, on la sent si vraie! Tellement vraie qu'elle vous force à l'être, il me semble.

— Il ne te semble pas, dira Hémon, tu as mis le doigt dessus : impossible de lui résister, le voudrais-tu. Elle te viole en douceur.

— Mais pourquoi le vouloir?

— Tout le problème est là, soupirera-t-il en se levant pour venir faire un petit baiser à cette jeune femme pas très jolie, mais qu'il appréciait de plus en plus.

L'ayant appréciée du premier jour pour un esprit à l'opposé de la Corcellienne type, des jugements simples et droits, de l'humour, il n'avait d'ailleurs guère douté de sa réaction. C'est celle des gosses qui le laissait sans voix.

Les gosses avaient été l'équivalent de sages.

Un nouveau venu, Dieu sait pourtant qu'ils ne le rataient pas. Vous aviez droit, Hémon s'en souvenait pour lui, à un regard collectif terrifiant. « Arrête tes salades, vous intimaient cinq paires d'yeux, t'es aussi bête que moche! » Or non seulement Stern avait échappé à ce tir croisé, mais s'il y avait eu bataille par la suite, ç'avait été plutôt entre eux, à qui gagnerait la dame. Ils ne l'avaient embêtée qu'en ordre dispersé. Sauf à la fin, pour l'empêcher de partir. Ils voulaient la garder tout le week-end. Ou alors, qu'elle revienne demain matin.

Cela fit très famille.

Entre Eric et Stern, ce fut encore autre chose. Ce que l'un disait, l'autre allait le dire. Ce que l'un savait, l'autre aussi, et sur les sujets les plus divers, souvent ardus. Famille d'esprit s'imposait, on se sentait toujours à la traîne. Ils étaient deux têtes, Hémon ne se sentait que lui, très moyen.

Deux têtes, le plus grave, exactement du même modèle, deux mécaniques faites pour fonctionner en couple. Par exemple plus leur sujet était bizarre (les Mandchous, les Dogons!), plus il vous fallait subir qu'ils le creusent. Mais Hémon, encore fixé sur un samedi magique, subit d'assez bon cœur jusqu'au gigot. Ensuite, moins. Il venait de réaliser d'un seul coup qui était Stern.

Pas elle, lui.

Et voici comment. Partis sur les grands écrivains grands voyageurs (Chateaubriand, Gide), les deux causeurs étaient arrivés à un petit, Pierre Loti. Puis, via ce pauvre Loti, à Istanbul, qu'il aimait tant, pour découvrir qu'eux-mêmes auraient pu s'y croiser onze ans plus tôt, Eric en mission là-bas, Stern venue pour un récital qu'y donnait son mari.

Son mari ?

« Stern, dit-elle. Pas Isaac, l'autre. Stern tout court », et Eric, d'ailleurs très concierge, de s'extasier. Quelle surprise, quelle beauté, elle était donc la femme de...

— De Stern, dit Stern. Sa veuve. Mais le violoniste n'est pas mal non plus.

— Ah ! je pense bien, seulement laissez-moi vous dire qu'entre les deux, ayant à choisir d'en rencontrer un, c'eût été le vôtre. A tous les coups ! Car parler dans son cas d'organisation mentale exceptionnelle paraît très insuffisant. Il m'a toujours semblé que le problème se posait d'abord en termes de pouvoir. Au-delà de sa maestria technique, cette capacité qu'il avait de conditionner l'adversaire. De le réduire : son côté réducteur de têtes.

— On peut dire ça, réfléchit Stern. Vous l'avez vu jouer ?

— Hélas, non. Une fois, il s'en est fallu de peu : au Caire, en 81. Mais il n'y avait plus de billets.

— En 80, corrigea Stern. Et vous, vous jouez ?

— Jamais.

Ces aperçus sur le défunt furent la seule ombre de ce samedi, mais de taille. Hémon tombait de haut, et les précisions qui suivirent l'achevèrent.

N'aurait-elle pas été ce qu'elle était déjà pour lui, Stern en eût sans doute payé les conséquences dans son esprit. D'origine modeste, il conservait des principes.

On peut n'être pas pourri par le cinéma : assez vive restait sa conscience de ce qui se fait et de ce qui ne se fait pas ; vivre des cartes ne se fait pas. Or ce Stern que glorifiaient encore tant de gens pas nécessairement idiots (Eric) et de qui lui-même n'avait pu être sans prendre une certaine idée, vague mais haute, vivait, on l'aura compris, des cartes.

Un faiseur !

C'est un faiseur que vénérait la secte. En tout et pour tout un faisan. Manier les brèmes comme un dieu, à cela se limitait sa « divinité ».

Et ses « récitals » à ceci : de prétendus galas de bienfaisance où snobs et jobards — du monde entier, paraît-il — payaient des fortunes pour le voir écraser au poker, mais aussi bien au bridge dans les anciennes possessions britanniques, le gratin des richissimes flambeurs locaux.

Telle était sa vie, son œuvre.

Le public suivait l'écrasement à cartes découvertes, donne par donne, sur écran géant.

Voilà le monsieur — vu par Hémon.

— Et ç'a été une vie de rêve, dit Stern à Eric.

— Les voyages, dit Hémon.

— L'homme, dirent en même temps Stern et Eric.

Le café se prit au jardin, dans des transats, après quoi le soleil porta à somnoler.

Seul Hémon résistait. Il se sentait plus que désenchanté : floué, donc gardait un œil sur Stern. « Et si nous allions visiter mon horreur ? » lui proposa-t-il pour maintenir un semblant de contact, mais tout bas, car les Laguillermie aimaient bien la leur. (Ils vomissaient Corcelles, à l'exception des maisons : « vastes », « pratiques », « bien distribuées », etc.) « Mais oui, au fait ! » répondit Stern.

Hémon ne prisa pas « au fait », et encore moins que les enfants les suivent.

— Eh bien, tu n'auras pas froid, dit Stern. Que de bûches !

— Il scie, caftèrent les gosses.

Il y avait sept pièces. Les gosses furent les premiers dans chacune des sept, sans compter les salles de bains.

Comme facile à prévoir, la robinetterie dorée tira des cris à Stern, mais le jacuzzi l'intéressa, elle ne connaissait pas. Quel genre de sensations ce truc procure-t-il ? Vraiment agréables, ou juste drôles ?

— Tu verras, dit Hémon comme s'il était déjà écrit qu'elle tâterait du sien. Tu verras toi-même.

— Lui, il ne sait pas, il scie, rappela l'une des filles.

— Je me lave aussi, figure-toi.

— Quand ? demanda le garçon. Parce que c'est pas des blagues, madame : il fait rien qu'à scier.

— Laisse tomber, dit Hémon, elle sait déjà que je suis un grand malade. Et ça lui plaît. C'est ça qui lui plaît. Hein, Stern ?

Elle acquiesça et il la chahuta comme un amoureux sa copine.

Les enfants n'y virent rien de drôle. Ils les observaient d'un œil plus blasé que moqueur. Il n'y eut ni rires ni remarques. C'est un test.

Hémon n'éludait pas la question sexuelle : elle se poserait. Cependant et même alors — juste après ce chahut au cours duquel ses paumes avaient connu les petits seins de Stern, bien plus ronds et fermes qu'il n'aurait osé l'imaginer — il pouvait encore la poser de façon calme (non obsessionnelle), à tout le moins fataliste : pourquoi voir si loin ?

Quant à Stern, assise à présent le dos aux bûches pour juger la façade en perspective, sa religion était faite : une grosse maison bête, mais supportable. Celle d'Eric lui avait fait craindre tellement pire dans le genre Middlewest en quête de dignité. « Surtout, dit-elle, qu'avec un client comme toi, cela devait fortement démanger tes MM. Van Horne et Zack d'en rajouter. Ils ont plutôt gommé, de quoi te plains-tu ? »

Hémon ne se plaignait pas, il réfléchissait.

— En somme, ce n'est pas un désastre ?

— Si, dit-elle. Mais évité.

Les gosses inspectaient des taupinières à l'autre bout du terrain. Le garçon voulait devenir taupier, profession peu encombrée, saine et promettant de l'or, rien qu'à Corcelles.

— Ne parlons pas d'y vivre, poursuivait Hémon, mais y venir de temps à autre, pourquoi pas ? Toutes les résidences secondaires n'ont pas piscine et tennis.

— Ni des robinets à col de cygne.

— Des robinets, ça se change. Non, je parle sérieusement : que penserais-tu de la garder comme, disons, maison d'été ? Tu serais contre ?

— Ni pour ni contre, c'est ton problème. Est-ce que la piscine est chauffée ?

— Bien sûr.

Mais Stern voulait dire aujourd'hui : cette piscine mise en quarantaine derrière le gazon à venir.

— Quelles jambes ! murmura Eric lorsque Stern, dans un maillot emprunté à Henriette, entreprit de franchir la zone interdite sur la pointe des pieds, ce qui accusait en effet leur longueur.

— N'est-ce pas ? dit Hémon en faisant voler sa chemise. Tu trouves aussi ?

— Hep, là-bas ! hurlèrent d'une seule voix Xavier Foulon, de la Cour des comptes, sa femme et ses trois filles en limite extrême de leur pelouse. Revenez, madame, c'est défendu !

On s'attendait qu'elle tâte l'eau, elle piqua une tête.

Hémon plongea à sa suite, en caleçon bleu pâle.

Il s'attendait qu'elle brasse, elle crawlait.

XXVII

Les invitations ne manquaient pas à Hémon. Il en recevait même beaucoup plus qu'au temps de sa pleine gloire, car alors l'agence se chargeait d'un premier tri, ne lui soumettant que la crème, tandis qu'elle les lui faisait maintenant suivre en vrac.

Il n'en ouvrait pas une sur dix. A la fin de son ère dite glaciaire, elles allaient directement au feu.

Dès le début de son ère dite Stern, il en avait ouvert une, puis deux, puis toutes.

A son retour de Jersey, il s'était astreint à les classer par date.

Désormais, voyant venir la date, il décrochait son téléphone et disait, par exemple : « Stern, il paraît que je ne peux me dispenser d'être demain soir à la projection du dernier Scola : il sera là. Mais comme ils nous menacent ensuite d'un souper pimenté de la présence — en plus ! — du cher Gassman, je ne te cache pas que j'hésite... », comme s'il y avait à hésiter avec une femme tellement allante et curieuse de tout.

L'objection qu'elle ne connaîtrait personne dans ces fêtes qu'il lui proposait était bien la dernière à attendre de Stern, elle voyait d'abord qu'elle allait connaître quelqu'un.

191

De sorte que ce fut pratiquement tous les soirs.

Hémon, après le grand effet produit par Stern sur des gens a priori aussi bons juges que les Laguillermie, n'était plus travaillé que d'une envie, la montrer, lui-même sentant très bien (il se voyait faire) ce désir tourner à l'idée fixe. Il raisonnait parfaitement de son cas. Ainsi avait-il assez vite démêlé que s'il tenait tant à l'exhiber, ce n'était pas en dépit de son âge, que c'était, d'une certaine façon, à cause; autrement dit, partant du postulat qu'on ne pouvait approcher Stern sans tomber sous son charme, qu'il jouait en réalité à chacune de leurs sorties sur deux tableaux : surprendre (faire sensation) et être compris (approuvé). Or si la surprise était plutôt de le revoir, lui, du moins obtint-il toutes les preuves que Stern passait très bien. Au dîner Scola-Gassman, elle l'éclipsa sur toute la ligne. Et de même, peu après, à l'un de ces déjeuners que l'Elysée réserve fréquemment à quelques artistes — ce jour-là trois écrivains et un autre acteur —, il n'y eut pas à se demander qui intéressait le Président, il coupait les bavards pour prendre son avis. Elle l'amusa tout le temps. Hémon quitta le Palais très chaud pour le Président, et ce fut Pâques.

Qu'allaient-ils faire pour Pâques ?

Entre-temps étaient arrivés trois scénarios, et Hémon avait consenti à lire celui que Stern jugeait le moins mauvais. Il le trouvait gentillet, mais avec deux grands défauts : de ne pas être du tout pour lui (« Un jour, observa-t-elle, il faudra que tu m'expliques ce qui est pour toi et ce qui ne l'est pas. — Toi, répondit-il. Est pour moi : toi. Quand une histoire t'emballera vraiment, sois sûre que je signerai des deux mains. Ma seule référence, c'est toi. Sentimentalement, intellectuellement, esthétiquement : suis-je assez clair ? ») et, second défaut, de ne pas lui dire ce qu'ils allaient faire pour Pâques.

Stern en riait. Qui se soucie encore de Pâques ?

Enfin peu importe, il y tenait.

Aux Rameaux, il penchait pour Deauville, non sans un regret pour Londres, le lundi pour Londres, ou alors Cannes, les deux jours suivants pour Vienne, n'eût été Prague, mais le jeudi il se tut, il savait.

Il se tut tout le vendredi saint, avec un petit air malin.

Ils partirent assez tôt le samedi, Stern ne sachant toujours pas, et ils roulaient depuis au moins deux heures dans la Saab jaune qu'il venait d'acheter, comme promis, en l'honneur et de Stern et des beaux jours (quitte à se trouver bientôt un peu juste pour ses impôts), lorsqu'il leva la main.

Il dessina l'horizon : « Tu vois ce pays, ces collines ?

— Oui, dit Stern. Et la prochaine ville s'appelle Vendôme, mais nous ne ferons que la traverser ? Ce n'est pas là que nous allons ?

— Si, dit-il. J'y ai été heureux.

— Je sais. Tu m'as déjà raconté ton château.

193

— Ça n'a rien d'un château. Tu vas pouvoir constater que ce n'est qu'une jolie maison.

— Où vivent ta femme et tes enfants.

— Oui. Et alors ?

— Rien. Rien !

— Mais qu'est-ce que tu crois ? Maïe, je l'ai préve-
nue. Elle nous attend.

— Non, dit Stern. Tu vois, non.

Ils entraient dans Vendôme. « Où est le mal ?
demanda Hémon. Pour ma part et à moins qu'il ne me
soit totalement indifférent, je trouverais plutôt bien
qu'un être veuille m'ouvrir quelques portes sur lui-
même, sur son passé. J'en serais plutôt touché. » Mais
elle aussi, elle le lui assura. Simplement elle n'était pas
sûre que le pèlerinage s'imposait. Ce pèlerinage-là. En
termes moins choisis (qu'elle lui épargna), passe pour
l'exhibitionnisme, mais dans de certaines limites. Et il
eut beau dire, elle lui fit prendre à droite, direction Le
Mans, où ils déjeunèrent, se rabattant ensuite sur
Deauville.

Tout bêtement sur Deauville, mais c'était la cohue.
En cette veille de Pâques, pas une chambre, et il leur en
fallait deux. La sagesse fut de rentrer.

— Deux chambres !..., ironisa Hémon en mettant le
chauffage : le pare-brise s'embuait.

— Ah ! c'est un handicap dans les voyages, admit
Stern, mais je te rappelle qu'il n'y en avait pas une. Où

ç'aurait été vraiment rageant, c'est si nous en avions trouvé une.

— Sûr! grinça-t-il, et ils atteignirent le premier péage.

Une autoroute aux péages trop rapprochés nuit à la conversation. « N'empêche..., avait dit Hémon en jetant ses pièces dans le panier, mais il attendit d'avoir préparé celles qu'il lui faudrait pour le prochain avant de poursuivre, et d'une voix bien retombée, comme s'il ne faisait plus que critiquer l'intrigue d'un roman languissant : n'empêche que c'est une situation qui ne tient pas debout.

— Bonne remarque, dit Stern, mais qu'y pouvons-nous ?

— Bonne question, dit-il. Pourquoi ne pas l'aborder ?

— Y verrons-nous plus clair ?

— Je l'espère. Veux-tu que je commence ?

— Tu as déjà commencé.

— Non, je ne faisais que constater. Maintenant, c'est une autre optique : que pouvons-nous — la question est de toi — contre cette situation aberrante ? Burlesque, je dirai.

— Tu vas jusqu'à burlesque ? »

Second péage. Car tout cela au ralenti : entrecoupé de longs silences.

— Je retire burlesque. Saugrenue suffira. Situation, en tout cas, d'autant plus étrange et dure à vivre que survenant — c'est sans doute accessoire, mais tu me permettras de le noter en passant — à contre-courant de tout.

— Tout ?

— Le temps. L'époque.

— La libération des mœurs ?

— Si tu veux. Mais ne te crois pas obligée de tourner en ridicule tout ce que je dis.

— Absolument pas : j'espérais t'aider.

— Je me passerai de ton aide. Du reste pourquoi prendre des gants alors que nous savons très bien, toi et moi, quel est l'obstacle et où il est. Il est en toi. Dans ta tête, pas dans la mienne.

— Peut-être, mais tu vas trop vite. Tu as annoncé « quel et où », commence par quel.

— L'âge, révéla-t-il, ainsi contraint. L'idée, est-il besoin d'ajouter, que toi, tu te fais de ton âge, serais-tu la seule, et je peux t'affirmer que tu l'es ! L'âge et caetera. Voilà. Tu l'as voulu, tu l'as eu.

— Pourquoi « et caetera » ? Il y a d'autres choses ?

Déjà presque à la hauteur de Rouen, « J'admire, dit-il, ton art de noyer le poisson, mais à supposer que ce dont nous parlions tout à l'heure ne soit pas seulement dans ta tête, que ce soit aussi dans la mienne même un peu, même un tout petit peu, ne penses-tu pas que tu t'en serais rendu compte depuis déjà longtemps à divers signes ? A des réactions chez moi ? — Probablement, dit-elle. Mais tu es un grand acteur. — C'est ça, défile-toi encore ! Sans vouloir employer de grands mots, n'aurais-tu pas remarqué plutôt une certaine... constance ? Et pour qui me prends-tu ? Pour un malin ? Mais alors dans quel but ? Une constance de tête ? Pour la galerie ? Détrompe-toi, je suis quelqu'un de fruste. Le but est clair : t'avoir. Je te désire, Stern. Désolé, mais voilà la vérité : je ne te désire pas malgré ton âge, le fameux âge vrai ou prétendu, réel ou supposé, je te veux tout court.

— Admettons, mais n'es-tu pas en train de confondre vérité et réalité ? Tu m'as l'air rudement laxiste ! Ta vérité n'efface pas la réalité. La réalité demeure », dit-elle.

Bien plus loin, vers Mantes : « Mauvaise nouvelle pour toi, Stern : je ne pense plus pouvoir supporter longtemps de vivre seul. J'avais sous-estimé mes besoins de tendresse. Ou de dépendance. En fait, de dépendance. »

— Laisse venir, dit Stern. Tu trouveras sans mal.

— Sinon ?

— Nous aviserons.

— Attention, ça ressemble à une promesse.

— Douterais-tu de mon dévouement ? Vois déjà pour les scénarios.

— Mais autre mauvaise nouvelle : avec ce qui tombe, je ne m'en sens guère de te ramener à Paris. Comme personne ne t'attend et que j'ai ma maison pas si loin d'ici, la solution crève les yeux. Tu choisiras ta chambre. Pour le reste, ne nous exagérons pas le danger, tu as une défense serrée. Et moi, tu me connais : un agresseur mou.

En effet, il ne la viola pas.

XXVIII

Stern choisit la chambre du bas pour son avantage d'ouvrir directement sur la pelouse, et ce fut sa chambre. Il n'y a que le premier pas qui coûte, elle l'occupa très souvent. Hémon ne la forçait pas à venir, c'est elle qui disait : « Il fait trop beau, je ne résiste pas à ta piscine. » Elle venait, puis restait.

Il est vrai qu'un mai et un juin comme cette année-là, on en voit peu. A Pentecôte, on se serait cru en août. Cela ne se gâta qu'en juillet, avec de gros orages, beaucoup de vent, mais elle avait déjà pris pour ainsi dire ses quartiers.

Aux yeux des gens ils avaient l'air d'heureux amants, ils vivaient comme. Mais leur situation tenait encore moins debout qu'à Pâques, devenait de moins en moins soutenable ; et c'est bien pourquoi Hémon multipliait en public privautés et attitudes possessives.

Un dimanche de mai, Stern trouva naturel d'inviter à Corcelles ce qu'Hémon continuait d'appeler la Cour.

On eut outre Prédicant, l'écrivain et le Vietnamien, un jeune banquier féru d'art, fou de peinture, intarissable sur Delacroix, Géricault, Baudelaire, Elie Faure, plus un grand beau vieillard qui se révéla être un troisième Stern, le frère aîné de l'illustre, mais lui n'accompagnait la Cour que par raccroc, habitant Fribourg-en-Brisgau. Ajoutez, côté Hémon (du côté de lui, comme on dit dans les mariages), la tribu Laguillermie ; quelle tablée — et gaie !

Une accusation tracassait Hémon depuis sa défaite de Vendôme, même s'il n'avait pas attendu Vendôme pour se la faire, celle d'exhibitionnisme. De ce jour, il crut pouvoir la retourner à Stern.

Le soir même, après leur baiser de bonne nuit, car ils avaient quand même cela, un baiser sur les lèvres et parfois long, il lui lâcha violemment qu'on ne peut avoir à la fois le beurre (c'était si mesquin, cela sonnait si moche que sa voix dérapa : « beu-eurre ») et l'argent du beurre : s'afficher comme la maîtresse de Francis Hémon et ne pas l'être. « Voilà, dit Stern, ce que j'appelle être rond en affaires, mais tu as raison, je risquais de m'endormir », et le lendemain elle était partie.

Dans son sommeil de brute, Hémon n'avait rien entendu.

En poussant ses volets, il vit que la Jaguar n'était plus là.

Elle ne resta partie que trente-six heures, alors qu'il s'en était accordé quarante-huit pour appeler l'avenue de Tourville. Cette différence de douze heures fit toute la différence, il fut prouvé que la volonté de Stern pouvait plier devant la sienne.

Tout autre était sa version à elle : « Sais-tu combien j'avais sur mon balcon ? 42 ! », et cela, Mme Morel le confirma. Sa sœur l'avait appelée la veille au soir, elle aussi étouffait, pourtant plus en hauteur que Madame : aux Buttes-Chaumont.

Mme Morel préférait de loin Stern à Hémon. Elle s'était tout de suite senti des atomes avec Madame, aussi fine que belle.

Hémon n'espérait certes pas que Stern fût rentrée pour lui régler l'argent du beurre, mais au moins attendait-il une allusion, même acide. Rien. Voilà le cas qu'elle faisait de ce qu'il pouvait dire ou ne pas dire. Seulement elle était là, et quand elle eut fini de barboter dans le jacuzzi, il jugea mieux de ne pas relancer l'affaire.

Ils dînèrent de fruits.

En attendant la nuit, il lui récita « Je t'apporte toute mon âme :/Ma nullité, nonchalamment,/Mon maigre orgueil, ma pauvre flamme,/Mon petit désenchantement », quatre vers qu'il avait lus dans l'après-midi, aussitôt frappé du fait qu'il pouvait les prendre à son compte mot pour mot. Ils furent d'autant mieux reçus que ni Stern ni lui n'avaient reparlé de Larbaud depuis Jersey, c'est-à-dire des siècles.

A la nuit, ils gagnèrent la piscine.

Elle leur appartint. Passé neuf heures du soir, la haute fonction publique se met rarement à l'eau.

Ils nagèrent longtemps et rentrèrent enlacés, au vu et au su de toutes les pelouses. Encore celles-ci ignoraient-elles la liberté, l'inqualifiable audace que s'autorisait Hémon (le trop célèbre Francis Hémon, déjà amplement connu de toute l'Europe lectrice de magazines comme un séducteur sans foi ni loi, mais qui, là, confirmait!), la bassesse sans nom de caresser sous le maillot (pas par-dessus : par-dessous) un des petits seins, le droit, de la dame à la Jaguar blanche, cette veuve de fière allure et n'inspirant à quiconque que des égards ; de l'empaumer à nu en agaçant le tétin. Mais ce fut un peu comme avec la main deux mois plus tôt. Stern ne lui retira pas plus ce sein qu'elle ne lui avait retiré sa main au début du film hindou. Objectivement, elle le lui laissait. Subjectivement : sans y prêter attention. Sans vouloir relever. Une résignation du style : « Bah! si ce n'est que cela... » Hémon n'était pas coutumier de l'échec. Il trouva Madame trop bonne, mais lui, d'une bêtise! Il lâcha le sein et pressa le pas. Il aurait compris un échec franc, il ne comprenait pas les manières. Ce fut la colère. Il dit : « Ecoute... ». Mais Stern était trois pas derrière, il dut l'attendre.

Il faisait une nuit de pleine lune, laiteuse, et il put très bien juger du sourire de Stern — sourire franc, compréhensif, sans ironie aucune, tout simplement affectueux. Il dit : « Ecoute-moi bien... » Ils se trouvaient sous l'un des rares arbres adultes de Corcelles, un pin parasol. Il prit Stern aux hanches et la poussa contre le tronc. Sa colère perdait déjà de sa force sous l'effet du sourire, mais il prévint : « Je vais être odieux. » En substance, il n'avait jamais pensé qu'il lui suffît de paraître pour triompher. Il était, comme déjà annoncé, un fruste, pas un bellâtre. Un direct. Un simple : aucune disposition non plus (d'autre part) pour le genre amour transi, cour d'amour, si elle voyait qui il visait par là. Bien. Donc, il la voulait. Cependant il ajouta : un lourdaud. Il pouvait lui avouer aujourd'hui que devant elle il s'était senti immédiatement un balourd. Un plouc dès le train, et furieux de l'être. « Mon pauvre chéri, dit-elle. — Garde ta pitié, dit-il. Je ne cours pas après me faire appeler ton chéri dans le vague. Mais attends la fin. » La vouloir avait pour sens premier : l'avoir. Pour sens second, l'avoir près de lui, pour lui, ici. Eh bien, il ne renonçait ni à l'un ni à l'autre, mais surtout pas au second. Quitte, entre-temps, tout le temps qu'il lui faudrait pour finalement l'avoir, quitte, oui, à... Il tendit l'index vers le sein coupable, mais se ravisa, concentra son attention sur l'arbre, sur un endroit du tronc situé bien au-dessus des cheveux de Stern, et dit d'une voix précipitée : « Quitte pour moi, la mort dans l'âme, ça je peux te l'assurer, malheureusement ce serait une grosse erreur de me prendre pour un pur esprit... — Bien sûr. Non, va, va... — A me trouver des expédients », dit-il. Puis, plongeant dans l'odieux : « Des coupe-faim. »

Ce qui lui restait de colère applaudit « coupe-faim », comme rendant on ne peut mieux le fond de sa pensée — de façon autrement mordante (il n'avait plus fait l'amour depuis Julia) que le trivial « aller voir ailleurs », sa première idée, lequel n'eût pas du tout fait

202

ressortir la notion de faim, élément majeur au double titre d'excuse et de moyen de chantage. Ce dont, par exemple, il aurait pu se dispenser, c'est de disparaître pas plus tard que la nuit suivante.

XXIX

Là, Hémon jouait gros : il ne rentra que vers midi.

Stern était restée, elle l'attendait assise sur les marches du perron.

Qu'elle fût restée était déjà considérable, mais il espéra tout de suite mieux.

Il souhaita qu'elle se lève, et il lui laissa tout le temps de le faire avant de se décider lui-même à émerger de la Saab. Une fois debout, Stern allait courir, c'est évident, se jeter dans ses bras. Elle lui criblerait la joue de petits baisers (comme une fois à Guernesey), puis il la voyait éclater en sanglots ; et alors il lui assurerait du ton le plus chaud, bienveillant, clément, qu'il n'y avait pas lieu, en tout cas qu'il n'y aurait plus.

Stern ne se leva pas, elle lisait.

Elle ne regarda Hémon que lorsqu'il se fut assis près d'elle, ayant dû repousser pour ce faire la pile des scénarios arrivés depuis Pâques.

— Je me sentais tellement coupable, expliqua-t-elle, de ne pas les avoir lus à mesure. Vois un peu ce tas. Mais aussi tu aurais dû me secouer ! Tu es trop bon, tu ne me dis jamais rien. Enfin, me voilà presque à jour.

— Combien ?

— Onze.

(« Cette nuit ? » faillit-il demander.)

— Tu n'arrêteras jamais de m'étonner, dit-il.

— Oh ! je n'ai eu que ce que je méritais. D'ailleurs tu sais très bien qu'il suffit généralement de dix pages pour se faire une opinion : sois tranquille, je n'y ai pas passé la nuit. (Il l'embrassa.) Et malheureusement je ne crois pas non plus t'avoir déniché l'oiseau rare. Tu liras mes notes. Je t'en ai laissé une sur chacun, mais ne va pas imaginer que j'aie lu les onze d'un bout à l'autre. La plupart, je n'ai fait que les survoler.

Il l'embrassa de nouveau, et elle se leva : on bavarde, on bavarde, mais il devait mourir de soif. Coca ? Perrier ?

Peu après, au tout début de juin, Stern tomba enfin sur une histoire sortant du commun, peut-être pas le merle blanc, mais belle, forte, et qu'elle aima aussitôt.

Le héros pouvait être Hémon, à quelques retouches près, dont elle avait déjà l'idée.

Il lut, et dit : « Tu crois ? »

Elle dit : « Je suis sûre.

— Mais l'âge ! Que fais-tu de l'âge ? Ce type est supposé avoir cinquante ans, c'est écrit en toutes lettres.

— Il en aura quarante-quatre, dit-elle. Il fera un pas, tu feras l'autre. »

Il relut, et dit : « Je ne sais pas. »

Elle dit : « Je peux lire à ta place, je peux penser à ta place. Savoir ferait beaucoup. »

Il appela Jean-Louis.

Financièrement, l'affaire se monta en quelques

jours. Jean-Louis n'avait jamais connu si rapide. Son rôle consista moins à susciter des candidats qu'à en éliminer. A tort ou à raison, pas un des grands producteurs ne voulait rater le retour d'Hémon. On n'eut pas une coproduction, on eut un consortium ; mais ce ne fut plus une vie. Hémon était un autre, qui ne rêvait plus.

XXX

Hémon à Paris, par force, matin et soir, soir et nuit, courant les bureaux, mettant tout bien au clair, exigeant ceci, cela, Stern eut vite le sentiment de ne plus servir qu'à garder la maison. Ce n'était pas dans ses idées : comme elle se dépêcha de regagner son cinquième !

Hémon passait entre deux rendez-vous, chaud du précédent, tracassé du suivant. Il lui disait « tu es ma force, tu es ma vie, ce film sera toi, d'abord toi », mais sans entrer dans tous les détails d'avant. D'où un petit air tranché, acquis, sûr de son fait, un rien déclamatoire.

Il vint même une fois avec son metteur en scène. Exhiber qui à qui ?

Connu pour ne tourner que tous les cinq ou six ans, célèbre pour des films d'une facture non moins rare et attendus chacun comme un événement, ce metteur en scène avait littéralement sauté sur le script, parce que c'était Hémon et qu'Hémon ne voulait que lui. Ç'allait être leur premier film ensemble, il y avait fascination réciproque : ils ne se tutoyaient pas encore. Cependant arrivait le temps des pivoines arbustives, et Stern ne trouva pas si sot d'aller enfin admirer celles de Mlle

Morand, du Morbihan, qui l'en priait depuis si long-temps.

Le téléphone pouvait donc sonner à Corcelles, on n'avait ces jours-là que le classique « Nous sommes absents pour l'instant, mais nous ne manquerons pas... », enregistré par Hémon du ton le plus neutre, sauf une légère insistance sur « nous », comme une note de gaieté : eh oui, nous deux, nos deux personnes, notre couple.

Depuis Jersey, il appelait sa mère tous les deux jours, bien régulièrement. Le 19 juin, vers 11 heures, dans le bureau de Jean-Louis, avec le metteur en scène et l'auteur du script, il s'écria « Mon Dieu ! » : cela en faisait trois.

La téléphoniste lui passa non pas sa mère, mais la directrice. Il fut terrorisé. Il refusa comme un fou que sa mère pût ne pas mourir dans ses bras. Pour la première fois, il maudit Stern.

Il sauta dans le premier avion, ce qui signifiait accepter un crochet par Lyon, le prochain vol direct n'étant qu'en fin de journée. Ces moments-là ne s'oublient plus. Ces images : des passagers plus que tranquilles, béats, les hôtesses accomplissant leur boulot d'hôtesse comme si de rien n'était.

A Lyon il se rua dans une cabine dire à Stern que si seulement elle avait bien voulu rester à Corcelles — consenti à, eu la bonté de —, le mouroir n'aurait pas appelé depuis deux jours dans le désert.

Or, personne.

Il ne fut à Clermont-Ferrand qu'à quatre heures et

demie, donc au village qu'à plus de cinq, mais sa mère vivait.

Le coma, il ne connaissait que de nom. Il voyait une immobilité absolue, une pente douce vers la fin. Ce fut cela, mais pas tout le temps. Il y eut des sursauts, des défenses — de furieuses contractions de la nuque qui prenaient aussitôt les épaules, jetant la tête en arrière, tout le corps vers l'avant, le pauvre corps brutalement arc-bouté puis basculant du côté sans jambe, mais alors cela repartait de la nuque, et il pouvait bien serrer, déployer sa force, il n'empêchait pas la répétition, alors que l'infirmière, au contraire, à peine lui laissait-il la place, y parvenait facilement. Le temps de préparer la veine pour la piqûre, elle avait déjà ramené le calme.

Quand le jour parut enfin aux deux hautes fenêtres, Hémon alla entrouvrir celle de gauche. Il vit rosir ce parc, ces lauriers-tins, qu'il avait connus sous la neige. Pour la seconde fois, il ne pensa pas que du bien de Stern. De lui non plus d'ailleurs, car c'était en réponse à la question, si naturelle : « Qu'as-tu fait depuis lors ? »

Quelqu'un, en tout cas, de qui il nourrissait une bien fausse idée, très injuste, c'était la directrice, sur sa physionomie de catcheuse. A presque chaque heure de cette terrible nuit, elle n'avait pas regardé à quitter son lit pour venir s'asseoir près de lui, prendre sa main, le soutenir sans mots ni phrases.

Elle se trouva être là pour le dernier soupir, à six heures dix.

Il crut qu'il allait crier. S'il ne cria pas, c'est probablement qu'un acteur saura toujours d'instinct en avoir moins le droit qu'un autre.

La directrice l'embrassa, l'emmena devant la fenêtre entrouverte, lui murmura : « Acceptez. Acceptez et remerciez : le pire restait à venir », le ramena vers la porte, lui laissa tout le temps de prier si telle était son idée, lui dit « Venez, maintenant », et l'entraîna d'une main ferme.

Elle lui avait fait préparer une chambre dans ce qu'elle appelait l'annexe, un pavillon au fond du parc. Il s'abattit sur le lit, et éteignit. Il revit sa mère jeune. Il la revit jeune et jolie sous une capeline, sans doute pour un mariage. Il la revit le jour où elle lui avait acheté sa première raquette de tennis, sachant parfaitement la vie d'enfer que le père allait lui mener là-dessus, et en effet. Il ralluma. Il était sept heures. Il composa le numéro de Stern. Rien. Il recommença en veillant cette fois à ne plus se tromper. Rien. A sept heures du matin ? Cela lui parut le monde à l'envers, un affront au bon sens. Affront certes à lui, mais d'abord au bon sens. Il réveilla Eric, puis Jean-Louis. L'un et l'autre furent parfaits. Et Maïe, plus tard dans la matinée, merveilleuse comme à son habitude. Elle voulait venir. Seul l'en empêchait que Christine fût justement en train de passer le bac ; mais leur petit

Greg — qui rappela, lui, dès que rentré du lycée — sut trouver, encore tout essoufflé, des mots comme on n'en attend guère d'un enfant. Manquait Stern, c'est tout. Il la rappela bien dix fois. Autrement, il obtint toute l'affection possible.

Les obsèques eurent lieu le lendemain après-midi, dans la lointaine commune du Cézallier où sa mère était née. La directrice l'y conduisit, avec l'aumônier, qui tenait à cocélébrer la messe. Ce n'était que dix maisons autour de leur église. Mais, devant l'église, une Jaguar blanche. Hémon lâcha la directrice.

XXXI

Parmi beaucoup de fleurs mais peu de gens, sa mère fut vite en terre, près du père. « Nous coucherons à Nevers », dit Stern, qui roulait depuis l'aube. « Si tu veux », dit Hémon, et il lui indiqua comment éviter Clermont, redoutable vers ces heures-là par ses sorties d'usines.

Elle était venue du Morbihan d'une traite, n'ayant su qu'hier soir, par Jean-Louis. Elle voulait lui demander des nouvelles du film, il lui avait annoncé le malheur. Sans Mlle Morand pour la retenir, elle eût pris la route aussitôt ; et aurait mieux fait, car aujourd'hui quelle hantise, tout du long, de ne pas arriver à temps. Hantise et angoisse, avoua-t-elle. D'où Hémon aurait aimé pouvoir tirer qu'elle ne se reprochait pas seulement d'avoir quitté le Morbihan, trop tard, qu'elle se repentait d'abord et surtout d'y être allée sans le lui dire. Mais le ton restait celui du récit. Elle relatait. Ses états d'âme ne semblaient venir qu'en plus, entre autres.

Sa fatigue, en tout cas, se lisait. Le nez était un peu pincé, les yeux indiscutablement cernés. La bouche tombait. Vous aviez un autre visage. C'est pourquoi Hémon lui demanda bientôt de lui laisser le volant.

Elle ralentit, mais seulement pour l'attirer contre elle. Seule comptait sa fatigue à lui.

Elle le regardait tout à coup d'une façon qu'il ne lui avait jamais vue. Du reste, ce fut ce soir-là, à Nevers, qu'elle lui céda. Ils y arrivèrent une heure avant la nuit, qui tombe si tard en juin. Elle s'empressa de fermer les volets.

C'était un hôtel vieillot, mais encore assez grand genre. Ils baptisaient « suite » ce qui se résumait en réalité à deux chambres communicantes. Derrière les volets clos, Hémon fut materné comme il ne l'avait plus été, sauf petites comédies entre amants, depuis ses douze ans ; pris en main sans soupçon de comédie, d'un cœur entier. Ce sentiment que vous seul comptez, Stern, de toute évidence sincère, saisie d'une tendresse certes pas nouvelle, mais emportée (qui aurait perdu son calme) ne ménagea rien pour le lui confirmer, l'y ancrer.

Elle lui fit couler un bain, lui prépara son lit. Elle le sécha, puis le massa. « Veux-tu parler ? demanda-t-elle. Me parler d'elle ? — Non. »

Elle le berça.

Lui, ne se disait pas que c'était d'une mère, il ne faisait pas le rapport.

Autant un fils peut souffrir, autant il avait souffert, et maintenant venait l'abattement, il se sentait épuisé.

Rendu. Seul, sans doute se fût-il abandonné à ces larmes qu'il retenait depuis l'autre matin, six heures dix, mais s'abandonner aux soins de Stern procurait un peu le même résultat : une relative mise à distance.

Toute relative, infime, mais suffisante dans l'immédiat.

La voyant se lever, il cria « Reste ! » Elle ne le quitta que le temps d'aller chercher un somnifère qu'elle avait dans son sac. Il n'en prenait jamais. Elle lui administra ce qu'il fallait pour un effet rapide et ne passa chez elle que cet effet acquis.

Il faisait très chaud, moite.

Toutes fenêtres ouvertes, à peine avait-on une illusion de fraîcheur, et d'autre part le petit parc présenté comme l'agrément numéro un de ce *Splendid Hôtel* se situait bien trop près de la nationale 9, ici en légère montée, montée elle-même précédée d'un feu rouge, si bien que les camions ne vous laissaient aucun répit, soit qu'ils passent à pleine vitesse, soit qu'ils se relancent après avoir dû marquer l'arrêt. A l'une des nombreuses fois où Stern vint s'assurer que le somnifère continuait d'agir, elle trouva plus sage de fermer la fenêtre, mais le mastodonte suivant ébranla si fort les vitres qu'Hémon bougea.

Elle rouvrit et attendit.

Il bougea de nouveau.

Alors elle ne fit ni une ni deux, elle s'allongea près de lui. Avec le plus parfait illogisme, elle le serra dans ses bras. Telle fut sa façon de lui céder. Elle prit l'initiative des caresses, lui d'ailleurs encore loin, très loin, non seulement d'y penser, mais de pouvoir y penser, l'esprit toujours cotonneux, sinon le corps. Elle le tua de caresses.

Elle l'avait tué sous des caresses immédiatement précises, très expertes, précipitées comme si le temps leur était compté, avant même qu'il n'ait fini de réaliser qu'ils étaient en somme, vaille que vaille, en train de faire l'amour. Ainsi ne connut-il guère plus du corps de son amie qu'il n'en connaissait déjà, mais puisque le cap était franchi, que c'était elle qui l'avait franchi (et faisant aussi la part chez lui du somnifère), il quitta Nevers honnêtement persuadé qu'elle était enfin sa maîtresse.

Ce ne fut pas aussi simple. Juste de retour, c'est elle qui eut un deuil : sa belle-sœur, l'épouse du Stern de Fribourg-en-Brisgau. Elle fit le voyage, puis dut se rendre à Vichy, pour un baptême chez des neveux.

Hémon, cela le dépassait un peu, surtout après Nevers, cet air de lui dire « débrouille-toi de ta douleur ». N'aurait-elle pu se dispenser au moins du baptême ? Se croyait-elle quitte avec Nevers ? Devait-il prendre Nevers comme une charité ? Voilà les questions qu'il commençait à se poser début juillet.

Des deux secours sur lesquels il lui semblait pouvoir raisonnablement compter, Stern et le film en préparation, comment d'ailleurs n'eût-il pas vu que l'un ne lui manquait pas, et l'autre si ?

Le film courait.

Alors éclatèrent ces violents orages qui détraquèrent le temps. Pendant quelques jours il fallut ressortir les chandails, et rien ne fut plus tout à fait comme avant.

« Dites-moi que je ne rêve pas ! s'exclama Hémon le soir où Stern rentra de Vichy. Est-ce bien elle ? L'unique ! », y apportant d'autant plus de théâtre que la maison était pleine : le metteur en scène, son assistant, l'auteur du script, le dialoguiste chargé de donner force et nerf à ce script.

Egalement le chef-opérateur.

Tous, sauf l'auteur, un grand timide, se révélèrent être de ces pros tellement pros que vous avez plus vite fait de vous taire. Tous, sauf le chef-opérateur, chargé de famille, logeaient là : logés-nourris, installés de l'avant-veille.

Stern ne se battit pas pour sa chambre du rez-de-chaussée. Retourner chez elle lui parut la solution, mais Hémon la supplia de rester.

Eric aussi. Expédiés pour l'été à d'infortunés grands-parents, ses cinq monstres laissaient un grand vide. De là cette cote mal taillée, Stern chez les Laguillermie.

Elle ne prenait le service d'Hémon que vers onze heures, Mme Morel assurant le plus gros, mais il n'était pas rare qu'après leur tennis du soir, elle dût veiller au confort d'Hémon et du metteur en scène jusque tard dans la nuit. Ils se racontaient le film. Ils s'en gargarisaient, séquence par séquence. D'ailleurs pas chiens : lui demandant parfois son avis.

Elle était du 24 juillet. Elle prit ses soixante-trois ans

sans le dire à personne, ni en faire du tout, intérieurement, un drame.

Enfin bref, le scénario fut bouclé.

Quel soulagement !

Soulagé — tout revigoré, remis à flot, remis à neuf : guéri ! — Hémon donna aussitôt une grande fête au *Pré Catelan* avec toute la presse, les radios, les télévisions, et que de fois au cours de cette soirée ne vint-il pas glisser à l'oreille de Stern, dans un style peut-être un peu plat, mais le regard en disait long, des moralités telles que : « A nous deux maintenant ! Assez patienté, enfin la vie commence. »

Toujours est-il que le lendemain il la chercha comme un perdu. Avenue de Tourville, la concierge se souvenait seulement de beaucoup de bagages. Il appela Mlle Morand, la baronne Vaurs, d'autres. Il fonça à Vichy. Il poussa jusqu'à Fribourg-en-Brisgau. Il la chercha partout où il croyait pouvoir la trouver. Il ne la trouva pas.

COLLECTION FOLIO

Dernières parutions

Blackpool
Liverpool Oxford. Newcastle
Swindon
Guildford

Impression Bussière à Saint-Amand (Cher),
le 17 octobre 1989.
Dépôt légal : octobre 1989.
Numéro d'imprimeur : 9231.
ISBN 2-07-038178-1./Imprimé en France.

47139